オルペウス、ミュートスの誕生

―『農耕歌』第4巻　453-527 行注釈―

髙橋達明 著

知道出版

HAECUBIDICTAOEOITPHOEBILONGAEVASACERDOS
SEDIAMACECARPEVIAMETSUSCEPTUMPERFICEMUNUS
ADCELEREMUSAITCYCLOPVMDVCTACAMINIS
MOENIACONSPICIOADQVEADVITASOFORNICEPORTAS
HAECVBINOSTRAICETTALVBENIDEPONEREDONA
DIXERATETPARITERGRESSIEFEROPACAEHIARVAL
CORRIPIVNTSPATIVMMEDIVMFORIBVSQVEPROPINQVANT
OCCVPATAENEASADITVMCORPVSQVEREZENTIT

sit mihi fas audita loqui, sit numine uestro
pandere res alta terra et caligine mersas.
Aeneis. VI.266-267.

(ワガ聞クトコロヲ語ルノヲ許サレヨ、御身ラノ神意ニヨリ
深キ大地ト黒闇ニ隠サレタ物事ヲアバクコトヲ)

目　次

オルペウス、ミュートスの誕生—『農耕歌』第4巻453-527行注釈—……5

テキスト、注釈、注…………………………………………………………49

Georgica. IV. 453-527. ……………………………………………………65

『農耕歌』第4巻453-527行………………………………………………69

あとがき………………………………………………………………………75

新版あとがき…………………………………………………………………77

オルペウス、ミュートスの誕生
―『農耕歌』第 4 巻 453-527 行注釈―

ウェルギリウスの古写本の一つ、ヴァーティカーヌス本（Schedae Vaticanae, Vat. Lat. 3225）は紀元400年前後の挿絵入り綴本の形式をいまに伝える貴重な書物とされる[1]。現存する50の挿絵は『農耕歌』と『アエネーイス』に関係する画面で、それらの画面のうちの二つに、一つは教訓詩の第4巻のテキストに、もう一つは叙事詩の第6巻のテキストにかかわって、オルペウスの姿が見えているのがことに興味をひく。もともと、オルペウスの名をラテン詩にもちこんだのは、『詩選』のウェルギリウスがはじめであった[2]。オルペウスは、そこでは、杯に彫られた、森の木々を従えている像であったり（III. 46）、歌の名手であるトラーキア人として音楽の発明者リノスとならべられたり（IV. 55）、山をも動かす歌の力の暗示であったり（VI. 30）、アルカディアの歌い手の目標であったり（VIII. 55-56）、という風に、象徴的ではあっても、具体を欠く幻にすぎなかったが、やがて、『農耕歌』第4巻の epyllion（小叙事詩）に歌われて、不朽の形姿を獲得することになる。本稿の主題はそこにあるので、ひとまず『アエネーイス』のほうをとりあげれば、叙事詩は『農耕歌』のオルペウスの形姿をうけて、アエネーアースが冥府に父アンキーセースを訪問する第6巻の場面で、まず、主人公がクーマエの巫女シビュルラに行く人あって帰る人なき国に下る手立ての指示を願うに際して、オルペウスを、かつて冥府に生きながら下った英雄たちの名に先んじて[3]、「もし霊を、妻の、オルペウスが呼びもどせたのなら、トラーキアのキタラ（竪琴）と調べよき弦をたのんで」（VI. 119-120）、とアエネーアースに歌わせ、さらにもう一度、冥府の分かれ道を右にとって遍歴するアエネーアースの眼に、トラーキア風の長衣をまとった神官、つまりオルペウスが、冥府の三

つの領界の一つであるエーリュシウム、ここだけの太陽が照り、ここだけの星がきらめく至福者の杜 fortunata nemora にあって、「七弦の音の響きも鮮やかに、拍子を奏で、ときに指でかき鳴らし、ときに象牙の撥で打ち」（Ⅵ. 645-647）、かく、永生の至福に生きる人びとの踊りに伴奏するさまを叙している。

ヴァーティカーヌス本の一つの挿絵（Folio 52r）が写しているのは、このエーリュシウムの場面である。シビュルラに伴われたアエネーアースはいま画面の左上で、金葉の枝をアーチ門の前に立てようとしている。テキストが示す通り、エーリダヌスが画面の左下の隅を流れ、岸の月桂樹の森には、トロイアの衣裳をつけて、合唱する三人の男たち。その右に、列をつくって踊る裸の男が四人。右下の隅では、三頭の馬が草をはんでいる。ほぼ中央の地面には、二台の戦車、二枚の楯、二振りの武具。格闘技に興ずる二組の裸の男たち。そして、右上の隅に、オルペウスが竪琴を左の手にかかえて立っている。画面はかなり傷んでいるが、十五世紀フランスの一読者の手で ORFEUS の文字が書きこまれてある。

もう一つの挿絵（Folio 9r）、『農耕歌』のそれがオルペウスの地獄下りの場面を描いていることは言うまでもなく、いまは以下の指摘にとどめたい。すなわち、オルペウスが竪琴を左手にして立つその左に、洞窟があり、その内部にエウリュディケーとされる人物の像が描かれていることである。しかし、画面はもはや鮮明ではなく、またウェルギリウスのテキストでは、彼女が夫の歌を聞いたかどうかは明らかではない。

さて、オルペウスをめぐる物語が古代ギリシアの伝承、今日では断片的にしか知りえないけれども、多岐にわたる内容をそなえた、出自と系統を

異にすると思われる神話的伝承に由来することはあらためて述べるまでもない[4]。しかし、墓の所在（複数の）を述べる伝承の記録はあっても、オルペウスの死後の行方を知ることはできない。それに関連してはっきりしているのは、オルペウスの母がムーサたちの一人カリオペーとされることである（父はトラーキアの河神オイアグロスとも、アポローンとも）。古典期のギリシア人の歴史意識はオルペウスを死すべき人間としてではむろんなく、不死の神々の一人としてでもなく、英雄 heros あるいは半神 hemitheos の種族と見なしていたであろう。ヘーロースとヘーミテオスは同義である（『仕事と日々』159-160. プラトン『クラテュロス』398C）。ピンダロスの『ピューティア捷利歌』が、「かのアポローンの息子、竪琴の奏者、楽人たちの父、称賛すべきオルペウス」（VI. 176-177）をかのアルゴー船の乗組員、アルゴナウテースたちの一員に加えているのも、歴史意識が伝承の選択を適宜に行っていることを示している。そこで、いま、ヘーシオドスの歴史区分に従うなら、オルペウスは歴史の第四の時代、英雄の時代に所属することになる。英雄たちは死後、「憂れうる心もなく至福者の島 makaron nesoi に住まっている、渦深きオーケアノスのほとりに、至福の英雄たちよ、豊かな土地は年に三度、かれらに甘く蜜のような果実を稔らせる」（『仕事と日々』170-173）。この島は、ホメーロスでは、エーリュシオンの野 Elysion pedion に対応し、この世界の果てに、つまり地上にある（Od. IV. 561-568）。したがって、オルペウスがエーリュシウムに迎えられても、とくに叙事詩『アエネーイス』の作中では、なんの不思議もない（地上の楽園がすでに地下に移っているが、それはまた別の問題である）[5]。半神は神話に属するのか、それとも歴史に属するのか。その

ような問いは一見成立するかに思われるけれども、ギリシア人の歴史意識にとっても、またウェルギリウスの文学意識にとっても無意味であったにちがいない。オルペウスについては、歴史性は音楽（歌）にかかわっての神話性とぴったり重なっていたからである[6]。しかし、ウェルギリウスの属するオーガスタン・エイジの詩人たちがすべてそう考えたというわけではあるまい。たとえば『変身の譜』で、オウィディウスが殺害されたオルペウスの霊を地下の正しく敬虔なる者の野に下らせて、エウリュディケーを探させ、抱擁させて、あげくの果てに、「わがエウリュディケーをいまや心安らかに振り返るのだ、オルペウスは」(X.66) と歌って、物語を閉じているのを読むと、言葉の安易な滑らかさを透けて見える軽薄ぶりに、オルペウスもただの男であったかという印象を強いられて、あっけにとられ、ウェルギリウスに遅れること一世代の詩人の文学意識が、少なくともオルペウスの物語を取りあげるにあたっては、競争心に由来するパロディ制作の意欲に隅々まで満たされていたことにあらためて気づかされる。詩人たちが英雄あるいは半神という存在を心底どう思っていたか。それはひとまずわからない。しかし、ウェルギリウスはエーリュシウムに女を登場させず、逆に、前作の『農耕歌』では、エウリュディケーの形姿を鮮明に刻みあげることに意を注いで、死者の楽園をもちだすことはかえってしていない。この詩人には、伝統を新しく盛るに足る、剛健かつ繊鋭な文学意識があった。

　実際、『農耕歌』のオルペウスの物語はラテン語という強固な素材にしなやかな工夫をこらして、遠き世の夢幻のごとき物語を感覚に届く実在のものとしている。作品としての完成度はあくまで高く、読みの深さを要求

するだけの深さをそなえている。本書では、おぼつかぬことながら、この珠玉の韻文物語のできるだけ多くの切子面に光をあててみたい。読みはもとより一つとかぎるものではない。複雑な伝承を結晶の核とするからには、それはいっそう多岐にわたるであろう。本書は一つのささやかな試みにすぎないが、注釈書はむろん、注に挙げた多くの先人の仕事に助けられて、できあがったもので、ここに感謝の気持を記しておく。

　『農耕歌』第4巻（全566行）は養蜂を主題とし、前半は序歌、養蜂の場所、巣箱、分封、飼育、ミツバチの天性（王、都市、家、法、軍隊、労働）、蜜の収穫、と行を追って、養蜂の業を歌いすすめ、ミツバチの病気と治療のしかた、そして、死について述べる。巻の後半は前半とほぼ同数の詩行からなり、全滅したミツバチをふたたび発生させる方法を記し、叙事詩風に構想された、この方法の縁因譚をものがたる。主人公の名をとって、アリスタイオスの物語と呼ばれる、この縁因譚の筋は次のように展開する（A は Aristaeus）。

Ⅰ．ミツバチを発生させる方法	v.281-314
Ⅱ．ムーサたちへの祈願をこめた導入部	v.315-316
Ⅲ．方法の発明にまつわる縁因譚	v.317-558
1．A、ミツバチの死を母へ訴える	（v.317-332
2．ニンフたちの助力	v.333-360
3．A、母キュレーネーの水の国に下る	v.360-386
4．母の助言	v.387-414
5．助言の実行	v.415-452

6. プローテウスが語るオルペウスの物語　　　　v.453-527
　　7. 母による、供犠の指示　　　　　　　　　　　v.528-547
　　8. 供犠、そしてミツバチの発生　　　　　　　　v.548-558）

　まず、アリスタイオスの物語がオルペウスの物語を入子匣のように含んでいることがわかる。これは譬えではなく、両者はまさに入子構造をなしている。後者に出るサヨナキドリの寓話をもあわせて、構造を対比すれば、次頁の表のようになる（O は Orpheus、E は Eurydice）。

　このような構造は、epyllion という名称で呼ばれることがある、アレクサンドレイア期に生まれた物語詩の形式にそうものとひとまず考えることができる。M. M. Crump が説いたところを要約すれば[7]、このジャンルの重要な特徴は、主人公が人間であること（たとえ神であっても、神性が働きを示さない）、物語が内部にもう一つの物語、いわゆる道草 digression、を含んでいることである。第二の物語は本筋の物語の登場人物の一人によって語られ、主題は本筋のそれとは、こちらは時とともに恋愛を扱うようになったが、パラレルな関係にある作品も、対照的である作品もあったらしい。アリスタイオスの epyllion は、内容（たとえば、アリスタイオスの母の神性）、形式（詩行の数の配分、冒頭のムーサたちの登場）のいずれからも、ウェルギリウスがこのジャンルに想定されていた枠組に必ずしも束縛されていないことを示している。次頁の表に明らかなように、二つの物語の内容上の対応関係は結末に近づくにしたがって、平行から対立へと変化してゆく。一方は生の方向を、もう一方は死の方向をとって（第三のサヨナキドリは生の方向を）。では、どうして、このような相反する筋が

アリスタイオスの物語	オルペウスの物語	サヨナキドリの寓話
ミツバチの死	┌Eの死	┌雛を農夫に奪われる
	│木の精たちの嘆き	│
嘆き〔母への訴え〕	│嘆きの歌	└嘆きの歌
ニンフたちの助力	│	
水の国に下る	│冥府に下る	
母の助言	│	
助言の実行	│	
Oの物語 ──────	│(Oの歌)	
供犠の指示	│見るなの指示	
供犠	│乱心	
ミツバチの発生	│Eの二度目の死	
	│サヨナキドリの寓話─	
	└Oの死	

結果するのかといえば、その答えが詩篇のメッセージとなるはずのものだから、いまは、オルペウスがあくまで人間として扱われていることを確認しておいて、物語をくわしくたどってみる。テキストはオクスフォード古典校訂叢書本に拠り、訳は正確を旨として、逐語訳を試みた。

「言い伝えにあるように」と、物語は始まってゆく (v.317)。アリスタイオスはミツバチが死滅する憂き目にあって、これを嘆き、母のニンフ、キュレーネーに恨み言を言いつのって、ついに母の川底の宮居にくだることを許され、この超自然主義は叙事詩に属するものだが、プローテウスの予言をもとめよという母の助言をえる。変幻の術をつかうプローテウスを力業によってようやく捕らえると、予言者が人の言葉で問うには、さては意気軒昂たる若者よ、いったい誰が、厚かましくもおまえをここに来させたのか、何が望みというのか (v.443-446)。これに応じて、アリスタイオスが、汝にはわかっている、プローテウスよ、知っているにちがいない、汝の眼に届かぬことはよもやあるまい、どうか誤魔化さないでくれ、神々の指図に従って、われらはここに来た、困りはて、神託をもとめて、と答えると、予言者は、ついに大いなる力に打たれ、双の眼を青緑の光に燃やして、ぐるぐるまわし、歯を苦しげに鳴らしつつ、口をほどいて、神の言葉をこう語りはじめた (v.446-452)。この語りがオルペウスの物語を構成する。言い換えれば、物語はプローテウスという語り手を持っていることになる。

  いや違う、おまえを追い立てているのは　どんな神の怒りでも
   ない、   453

おまえは償っているのだ　大きい罪を、おまえに　憐れむべき
　　　オルペウスが
　　いまだ当然とはいえぬ報いを、もし運命が妨げないなら、
　　あおりたて、奪われた妻のために苦しげに怒っている。　　　　456

　第一行 non te nullius exercent numinis irae は、由々しき神の怒りがおまえを追い立てていると読まれるのが普通である。神的な存在はオルペウスに同じとされるか、後出のエウリュディケーの仲間のドリュアス（木の精）たちをさすと受け取られている。母親のキュレーネーは実際はこの場に身を隠してプローテウスの神託を聞いていて、予言者が去ったあと、アリスタイオスに物語の解釈をし、供犠の方法を指示するが、そのとき、まず、ミツバチの全滅をもたらしたのはニュムペーたち Nymphae だと述べるからである（v.531-534）。しかし、神託をこう読み解いたのはキュレーネーの神的能力である（そうでなければ、息子一人で十分で、母親が隠れて聞くことはない）。こんな符合を、予言者の言葉にあらかじめお膳立てしておく必要がどこにあるだろうか。numen を怨霊と見て[8]、というのもオルペウスは人間だから、オルペウスをさすと読むほうがよほどすっきりするだろう。しかし、筆者は、non のあとにコンマを打つ読みかたをとる[9]。災厄の原因は神の怒りではなく、人間の怒りである、おまえは人間に対して罪を犯したのだ、と。いや違う non という一語は、予言者が、誰か神の不興をこうむっているのだろうというアリスタイオスの心中の当然の予想を察知していることを示している。二人はすでに、はじめに訳述したような問答を交わしていたことに注意すべきである。オルペウスの物語

15

は第一行からはじまるという固定観念に縛られると、プローテウスの全知の能力と共感の能力とを不当に低く見積もることになるだろう（v.507 参照）。オルペウスの怒りもまた、語り手プローテウスの深い共感が生み出したものである。オルペウスはとっくに死んでいるし、また、行を追ってゆくとわかることだが、怒りにはまったく無縁の人物である。なおさら、死して怨霊と化する気配は露ほどもない。つまり、アリスタイオスのミツバチの全滅にはなんの関係もない。いや、あるのだとするのはプローテウスの慧眼である。ミツバチは供犠によって復活するから、これはまさに名にし負う慧眼であった。しかし、読み手には、当然、どう関係するのか、わからないままに、筋は進行する。

　さらに、憐れむべき miserabilis という形容詞も語り手の共感から生まれた言葉で、これはオルペウスという人物の定義になっている。物語はこの定義のもとに進んでゆく。オルペウスの名はもう一度エウリュディケーの別れの言葉に出てくるが（v.494）、地の文ではこの箇所だけである。アリスタイオスにとってはいまだ当然（の報い）とはいえぬ、という語句の読みは前置詞のヴァリアントにからんで諸説のあるところだが、これを一説に、身に覚えがないのに不幸に苦しむオルペウスという風に読むのは、いずれはっきりするように、定義に背馳するので、賛成できない（*Cf.* Thomas, Mynors）。

　　あの女は　そうだ、おまえを逃れようとして　向こう見ずにも
　　　流れにそって、　　　　　　　　　　　　　　　　　　457
　　足先に恐るべき水蛇が　やがて死すべき娘は

両岸にひそむのに眼をとめなかった　草むらの中で。　　　　　459

　あの女という、名を欠いた指示は聞き手（読者）の知識を前提としているという以上に、アリスタイオス本人の記憶に相応している。かつてのあの日のあの女が、やがて死すべき娘、によってとらえかえされるとき、記憶が暗転する。転じたさきに待ちかまえているのは、現在のわが身の不幸である。アリスタイオスがこうして自分の愚かな所業の結果をさとったいま、プローテウスはここで口を閉ざしてもよかったはずである。というのは、予言者はこのあとも具体的な指示はいっさいしないから[10]。この点が、作者が典拠とした『オデュッセイア』第４巻の神託のくだりとの相違である。こちらでは、メネラーオスはプローテウスになんども質問を発しもする。しかし、アリスタイオスはじっと黙ったままで、予言者一人が憑かれたように話を畳みかけてゆく。そして、語りおえるや、海に身を投げいれる（v.528）。この一行はなるほどホメーロスの写しであるが（Od. IV.570）、物語の結末の胸を突く効果のせいで、行為の意味合いがちがってくる。プローテウスは海にとびこんでも、いやとびこめばこそ、作者の手の平を逃れることができない。つまり、オルペウスの物語が語り手の語りの衝動をいわば解発している。それによって、作者は感情移入を思うさまにおこないうる手段を獲得した。プローテウスの役割がアリスタイオスに神託を述べることにあったのは当然だが、一層重要なそれは、神託の内実である物語を主観の視点から語ることにある。オルペウスの物語のスタイルの著しい特徴が現れるのはここである。したがって、本来道草のはずの物語は epyllion の枠をどんどん越えて、独立してゆくことになる。

17

だが　同い年のドリュアスたちの群れは叫び声で　山のもっとも　460
　　　高みを満たした、ロドペーの頂は泣いた
　　　高きパンガエア山も　レーソス王の尚武の土地も
　　　またゲタエの民も　ヘブロスの流れも　アテーナイのオーレイ
　　　　テュイアも。　　　　　　　　　　　　　　　　　　　　463

　だが、ことはそれでおさまらなかった。仲間の木の精はむろん、山も川も土地も民も、アテーナイからさらわれてきた女も、トラーキアに属するすべてのものがエウリュディケーの不意の死に嘆き悲しむ。ギリシア語からの借用である固有名詞をここに重ねているのは、「ウェルギリウスの環」に言う叙事詩の荘重体 gravis stylus の効果を生み出すためと思われる[11]。

　　　かれはというと　リュラーで痛ましい愛をなだめつつ　　464
　　　君を、かぐわしき妻よ、君をさみしい浜辺で一人、
　　　君を　日がのぼると、君を　日が落ちると　歌うのであった。　466

　オルペウスの足はおのずとトラーキアの川の流れをくだり、引き寄せられるかのように、浜伝いに、はるか南のタイナロンの岬に向っている。その道行きが上の三行である。リュラー（リラ）を奏でて、君に歌いかけるオルペウス。二行にわたる頓呼法（v.465-466）はその音楽を彷彿させる語り口になっているので、やはり原文を引いておこう。｜は強勢音 ictus、／は語のアクセント、：は句切れ caesura を示す[12]。

18

　　　　 レ　 / レ /　 /　 レ　　　レ　 /　　レ
　　　te, dulcis coniunx, ：te solo in litore secum,　　　　　　　　　　465
　　　　 レ　　 レ　 /レ　 /　 レ　 レ　　　　レ
　　　te ueniente die, ：te decedente canebat.　　　　　　　　　　　　466

　二行の見事な対応は頭語反復による te のシンメトリー、te の前の句切れ、アクセントの七という異例の数、そして、句切れのあとの後半部が音節の形式、強勢音、アクセントの数と位置、のすべてにわたって一致していることにはっきり現れているが、微妙な差異も、一行目の t、d、l、c、s と二行目の t、d、c の子音の交錯、同じく u、i、o と e、i、a の母音の交錯、on、in と en、ni、ne の交替、前半部のアクセントのずれ、そして、長長格が連続する（全部で五つ）一行目の遅いテンポが、二行目の前半部では、長短短格をかさねた速いテンポに変わってゆく、という風に工夫がこらされ、単調な繰り返しを回避している。アクセントのずれはとくに注目すべきで、二行があいまって、心の揺れを映している。そして、後半部はそれぞれ、ことさらに切迫した調子で下降してゆく。オルペウスの痛ましい愛 aeger amor（v.464）に対する語り手の共感にみちた、この歌はいかにもさびしい。七弦のリュラーの撥が悲嘆をリズムに刻んで、聞く者の心を鋭くまた重く打つかのようである。リュラーは原句には（中空の）亀の甲羅で（caua）testudine とあり、亀甲楽器はすでに te、s、t、d の音を発している。この竪琴は腕白盛りの幼児ヘルメースが亀を殺して作り、アポローンの手をへてオルペウスに伝わったという品で[13]、一つの伝承によれば、オルペウスの死後アポローンによって天に上げられ、琴座になった。

19

さらに　タイナロンの狭い洞に、ディースの深い入口に、　　　467
　　　恐怖が黒々とたちこめる森に
　　　踏みいり、そして死霊にあえて近づいた　そして恐ろしき王に
　　　人の願いに心を和らげることを知らぬ者にも。　　　　　　　470

タイナロンの岬には、父なるディース Dis Pater、プルートーンの統べる冥界に通じる洞の口がある。黒い森はすでに地下の森。『アエネーイス』では、地下の降り口はアウェルヌス湖（後出）になっているが、アウェルヌスの森 lucus Auernus（VI. 564）は地下界の森の意にもちいられる。冥府に生きて下るのがどれほどの難事であるか。それは叙事詩の第6巻にくわしい。しかし、ここでは、オルペウスの願いが暗示されているだけで、かれは周到な準備どころか、決心さえしていない。まるで歌が暗い洞穴に吸いこまれてゆくように、生身の肉体は非情の国への境界をいつしか越えている。

　　　ところが　歌に動かされ　エレボスの奥深い住居から　　　471
　　　影なき霊が　やって来つつあった　そして光をなしですます者
　　　　たちの幻が、
　　　群れをなして　まるで葉むらに何千の鳥たちが身をひそめるご
　　　　とく、
　　　宵の明星に　また冬の雨に　山から追い立てられて、
　　　母たちが　そして夫たちが　寿命をおえた亡骸が

20

雅量ある英雄たちの、少年たちが　嫁がなかった少女たちが、
　　薪に　両親の眼の前で　横たえられた若者たちが、
　　かれらを　まわりから　黒い泥と形をなさぬ葦が
　　コーキュートスの　波の淀む厭うべき沼地が
　　つなぎとめ　九度巻いて流れるステュクスが取り囲んでいる。　　480

いかにも人の願いに心を和らげることのない冥府である。しかし、そこでは、オルペウスの歌がリュラーの響きにのって波紋を広げている。かれの歌（音楽）は鳥たちを集めるねぐらのように、影なき霊、実体なき霊たちの一切を奪われた心をつぎつぎに呼び寄せている。とりわけ時ならぬ死に方をした亡霊たちの寄る辺なき心を。亡霊たちが集まってくるのは、地獄の地理がいま一つ明瞭ではないけれども、森の道をぬけたアケローンの岸辺、支流のコーキュートスに近い岸辺であろう（両河はやがて冥府を取りまくステュクスに流れこむ）。この三行（v. 475-477）は『アエネーイス』第6巻にそっくり借用されているが（Ⅵ. 306-308）、そこでは、亡霊たちはアケローンを渡るべく渡し守カローンの舟に殺到してくる。遺体が墓に埋葬されていない者の亡霊は三途の川を渡ることができないからである。したがって、同じく集まってくるといっても、動機がまったくちがっている。歌に心を動かされて、というのは冥府では異常な事態である。

　　それのみか　死の神の宮居さえ　驚き打たれた　奥底の　　　481
　　タルタロスも　青黒い蛇を髪に編みこんだ
　　エウメニスたちも、ケルベロスは三つの口をあけたまま、

イクシーオーンをまわす刑車も　風がやんで　とまった。　　　484

　オルペウスはすでにカローンの守るアケローンを渡り、地獄の番犬、三つ頭のケルベロスの守る門をも難なく通って、冥府の王の宮居のある中心部に入っている。すべて歌の力のおかげである。しかも、作者は音楽の力について細かく述べようとはしない。この一節も歌の効果の見事に凝縮された描写にすぎない。大罪者タルタロスが落とされた地獄の奥底、蛇の髪の復讐の女神たち、ケルベロス、イクシーオーンとかれを縛りつけた火炎の輪をまわす風。冥界の上下、八方、ありとあらゆるものがオルペウスの歌に聞き入っている。そして、続く485行は、いまや踵を返しつつ、かれはすべての危難を逃れおわって、と展開するから、冥府の女王プロセルピナ（v.487）がエウリュディケーを地獄からつれもどすことを許すのは、484行と485行の行間でのできごとということになる。死の神の宮居も驚き打たれた、という一句はなるほど願いをこめた歌の所在を暗示してはいるが、作者はなぜ、もっと明確な形で、オルペウスが冥府の王なり女王なりの前でリュラーを弾じて、心のたけをつくす場面を設定しなかったのであろうか。こうした疑問をいだいて、詩行を読みかえすと、オルペウスはオルペウスと名ざされないままに、冥府に入りこみ、亡霊たちに近づいたあと、帰路につくまでは、二度と行為の主体になっていないことに気づく。地獄でのかれの行為は、歌 cantus（v.471）という一語に文字通り集約されている。cantus は歌う cano に由来するが、詩句を組み立てるにあたって、作者が名詞をもちいて、動詞をもちいなかったことに注意しなければならない。憐れむべきオルペウスの実体は歌であって、オルペウスは

いわば歌の影にすぎない。悲嘆はそれほどに深い。かれを冥府に導いたのは悲嘆であって、かれがみずからの歌の力によってエウリュディケーを取り戻そうというような目的意志をもっていたわけではない。もしそんなことなら、歌はかえって力を発揮しえなかったはずである。ウェルギリウスの文学意識はそのことを明確に把握していた。それは、オウィディウスが描くオルペウスを横においてみれば、一目瞭然であり、一目瞭然であるということは、このパロディの作者もまた先輩詩人の文学意識を正しく理解していたことを示している。『変身の譜』第10巻では、オルペウスは地上で十分に satis 悲しむと、こんどは亡霊たちを試してみようと勢いこんで冥府に下る。そして、ただちにプローセルピナと地獄の王の面前にまかり出て、竪琴にあわせて歌をうたう。それは23行におよぶ長広舌で、つまりは一場の弁論であった。「地下の神々よ、偽りの言葉の回り道をやめて、真実を語ることが許され、あなたがたがそれを妨げないなら、申しあげる、わたしは地獄の見物に来たのではない、旅のわけはうら若い年月を奪われた妻である、わたしは妻の死に耐えられると思ったし、そう努めたことを否定はしない、だが、アモル（愛神）が勝った、アモルは御地でも知られているはずである、もしプローセルピナの略奪の噂が嘘でなければ、あなたがたを結ばせたのもアモルなのだから、だから、お願いする、妻の運命の糸をほどいてくれ、遅かれ早かれ、ここがわたしたちの最後の住居である、妻もまた熟して、正当な年月をまっとうしたときには、あなたがたの権能に服するはずだ、わたしたちが要求しているのは、贈り物ではなく、実りある使用である、もし運命が妻のために温情を拒むなら、わたしは決心している、もう地上には帰らない、二つの死を楽しんでいただきた

い」（X. 17-39）。以上のパラフレーズはもっと柔らかく訳すこともできようが、要するにこういう調子で、声高な主張に軽薄な月並み調、泣き落とし、開き直り、脅し（生者が死者の国に居すわる！）をないまぜて、さすがに敵陣にのりこんだ男だけに押しの強い説得を展開している。実りある使用というのは usus の訳で、この語はローマ法上の用益権、他の所有にかかわる物品を使用して利益をうる権利 usus fructus（英語の usufruct）をさしている。元来の果実のイメージは、妻もまた熟して、と現れていて、心憎いばかりだが、それはともかく、末尾近いこの一句がオルペウスの法廷演説を完成している。ローマ人の聴衆はこの歌を聞いて、微笑をもらし、プローセルピナは爆笑したにちがいないと書いている研究者もある[14]。すなわち、目的を達したのはオルペウスのみならず、オウィディウスでもあった。繰り返しになるが、パロディは対手の真をついたときに、もっとも有効に働くはずである。オウィディウスが法廷弁論を仕立てあげたのは、ウェルギリウスがオルペウスを歌に封じこめながら、歌の力だけを描いて、歌をうたわせなかったことに真を認めたからであった。そこで、あらためて、問わなければならぬ。ウェルギリウスは、オルペウスに、なぜ歌をうたわせなかったのか。オルペウスは歌の影と言えば、そうにちがいないが、詩人の大才をもってするなら、本人を詩句のかげに隠して、歌を作りあげることはなにほどの困難でもあるまい。なぜ、歌について、単なる模倣ではない、アリストテレースの概念での再現 mimesis をおこなわなかったのか。

　それは、筆者の考えでは、語の古い意味における real なものを遠き世の伶人に返さんがためであった。オルペウスの歌の力業は、天地が誕生し

てこのかたの歴史にあって、ただ一度だけ、オルペウスだから、おこないえたことである。それをもう一度歌うことは、他の誰にもできない。しかし、歌は不可欠である。いわば、重層する一回性、この避けることのできない矛盾を正しく確保しつつ、しかも、歌を、時間の中に、よし循環するとしても、一つの円を描くのではなく、周密な螺旋をなして進行している時間の中に据えるには、どういう手だてがあるかという難問に直面して、詩人があやまたずに選びとった形式は、再現不可能というレアールな事態を過不足なく再現することにあった。螺旋的時間が保証するのは、過去が未来に先立つという時間意識である。しかし、この保証は、さながら人生におけるがごとく、困難な課題を生む。未来に先立つ過去に、歴史の一回性を付与するという課題である。テキストが明瞭に示しているように、それは周到に果された。いまや、オルペウスの形姿は、神話と歴史がいまだ分かれていない薄明の言葉の空間に確かな階調をまとって実在し、時間に埋もれ去ることはもはやない。そして、このとき、オルペウスの実体を歌という一つの言葉につきつめて、Realität（実在）に到達したとき、詩人の文学意識はみずからの心術の清冽な深みを触知し、あたかも地下の根毛が暗闇で一滴の水玉にふれる瞬間のような戦慄に満たされたことであろう。real なものの幽玄な現れがいつ、どこにあっても、このような暗い瞬間の訪ないの賜物であることはもとよりここに云々するまでもない。

　いま述べたことはオルペウスの物語のいわば切断面であって、独自の流れとしての物語性には直接かかわらない。憐れむべき歌びとの歌はやはり続いている。どれほどの時がたったか、誰にもわからない。そして、いまや、

いまや踵を返しつつ　かれはすべての危難を逃れおわって、　　　485
戻されたエウリュディケーも　地の大気に近づきつつあった
後に従いながら（プロセルピナがこの条件を与えていたから）、
そのとき　突然　乱心が捕らえた　性急な恋する男を、
確かに許されるべきだ、マーネースがもしも許すことを知って
　　いるなら、
かれは立ちどまって、自分のエウリュディケーを　すでにかの
　　光のもとに
忘れはて　おお！　思いに打ち負かされて見返った。たちまち
　　すべての
労苦はむなしく　まさに破られて　非情の暴君との
約束が、三度　雷鳴がアウェルヌスの湖水に聞かれた。　　　493

オルペウスは行為の主体に戻っている。すべての危難を逃れおわったかれはいまはもう憐れむべきオルペウスではなく、戻されたエウリュディケーの前を歩む恋心にせかされる男。さきの458行でやがて死すべき娘と呼ばれた女の名がここではじめて提示されるのは、周到な用意である。地上の光がようやく闇を追いはらい、背後の女の姿をくっきり浮かびあがらせてゆく、エウリュディケー、と。不意に、オルペウスは立ち止まる。三人称単数の動詞 restitit は行のはじめにおかれて、意味が強い。そして、動詞のあとのコンマは小休止を示しているが、位置が異例である（句読記号はむろん作者がつけたわけではなく、作者の呼吸をはかって、テキストの

校訂者 Mynors が付したものである）。一息あって、動作が続くというのではない。立ち止まりはしたものの、躊躇が男の心をとらえている。

> restitit, Eurydicenque∶suam iam luce sub ipsa　　　　490
> immemor heu! uictusque∶animi respexit. ibi omnis
> effusus labor atque∶immitis rupta tyranni
> foedera, terque fragor∶stagnis auditus Auernis.　　　493

しかし、戻された女はすでにわが妻である。思いに打ち負かされて、オルペウスは振り返り、エウリュディケーを見る。一行目の速いテンポは二行目のはじめの immemor に受けつがれるが、そのあとは、動詞 respexit まで、あたかも見返る動作を遅らせるかのように、不気味に遅くなっている。そして、視線のとらえるべき対象と動詞との距離はことさらに大きい。両者のあいだには、感嘆符の示す大休止があり、これはもう一つ、動詞のあとにもある。こちらの位置は異例である。また、二行目の前半の 3 つの ictus は accent と一致している。こうした異例の数々は、届いてはならぬ眼差しがついにエウリュディケーに届いたことを明かしている。プラトンが『饗宴』(179D) で言っているような、女の幻 phasma を見た（見せられた）わけではない。見てはならないのは、血の気の通った女の現し身であった（後出 v.506 参照）。だから、見たとたんに、すべての労苦はばらばらに砕けてしまう。見返るという動詞は詩行を終えることなく、そのときすべての i-b'omnis、と稀な母音省略をともなった語句に結ばれて、事態の急な転回をもたらしている。約束は、許しを知らぬ者たちとの約束は

27

破られた。雷が三度アウェルヌスに、地上と地下のはざまに響きわたる。三という数はホメーロスのゼウスの雷鳴に拠っているが（*Il.* VIII.170）、音の効果は十分に計算してある。まず、前行からの母音 a は、493 行では、foeder-a とコンマまで、ついで fr-a-gor と区切れまで、そしてピリオドまでの三つの休止の区分にそれぞれ配置され、ついには、st-a-gnis, au-ditus, a-uernis と三度にわたって明るい音を響かせる（a を含まない語は、そして三度 terque のみ）。この公明正大な明るさがただちに暗いことは、間投詞 a の用法に反映しているが、さらに、句切れのあとの三語は a を含む音節のあとに、鋭く切り裂くような母音 i を含んでおり、子音 s の耳ざわりな効果とあいまって、雷鳴がじつは残酷無慈悲なものであることを聴覚に一層はっきり示している。この最終の審判の公布を、注釈者が指摘しているように、ソポクレースの『コローノスのオイディプース』（v.1606）の主人公の死の直前に轟くゼウスの雷の場面、娘たちがこれを聞いて、父に取りすがって嘆き悲しむ場面を踏まえて、読めば、告知はとりわけてエウリュディケーに向けられていることになる（*Cf.* Mynors, Huxley）。これは続く詩行の展開にふさわしい読みである。

  女が「何が　哀れなわたしと」と問うには「あなたとを破滅さ
   せたのでしょうか、オルペウスよ、   494
  どんな大きい激情が？　ほら　ふたたび後ろに　残酷な
  運命の女神たちが呼んでいて、泳ぐ眼を眠りが閉じこめる。
  いまはもうお別れ、わたしは運ばれてゆく　広漠の夜に包まれて
  あなたに差しのべながら、力のない　ああ　もうあなたのもの

ではなくなって、両手を。」　　　　　　　　　　　　498

　わたしはもうあなたのものではない。差しのべる両手もあなたには届かない。しかも、手を差しのべることだけがエウリュディケーの唯一の能動的な所作である。その手も動詞の示す所作とかけ離れて、訴えの最後に置かれているので、現し身のあえかな影の名残りは、声が消えるとともに、薄い煙のように向こうに消えてゆく。しかし、女の言葉は早口の問いを嘆きの呟きに重ねてもいる。オルペウスよ、わたしとあなたとを破滅させたものは何、いったい、どんな激情 furor が、と。エウリュディケーはオルペウスが冥府の女王と交わした約束を果して知っているのか、どうか。これは微妙なところだが、やはり知っていたにちがいない。エウリュディケーはオルペウスの心のありようを、確かな恋心ではあるが、猛り狂う心、furor の一語にようやくとらえているからである。男の心は、語り手プローテウスのさきの言葉に従えば、dementia、無分別、狂気、錯乱、乱心である。しかし、女は、この語り手の言葉、作者の批評に由来する否定の言葉をそのまま口にしたのではない。エウリュディケーはオルペウスよ、と呼びかけている。オルペウスの名が出てくるのは、最初に提示される miserabilis Orpheus（v.454）のあと、この箇所だけであり、語り手から見れば、性急な恋する男 incautus amans（v.488）ではあっても、ここでは、形容詞をはぎとられた裸の姿である。裸形であるとは、運命の衣をまとっているということに他ならない。エウリュディケーの内部の波にすでに揺らいでいる眼には、男の心が、乱心が、そういう姿に映っている。それは運命的現実の受容である。そっくり受容するがゆえに、問わずにおれない。

このとき、問いはほとんど問いではなくなっている。女が furor というまさに ambiguous な言葉を口にしたのは、我が身のみならず、男の破滅をもとっくに見抜いているからであった[15]。五行から成る劇の核心がここにある。そして、地の文の dementia から、quis という呟くように簡短な疑問詞をへて furor に転じてゆく語の移りは、エウリュディケーが作者の傀儡ではないことの証しである。詩は言葉の自立であって、根拠を作者といえどもいかんともしがたい場に置いているのでなければ、ただの狂言綺語にすぎない。オウィディウスが女に一言も言わせないで、「愛されていたという以外になんの不平をこぼしただろうか」（X. 61）と勝手なコメントをつけているのを読むと、馬鹿馬鹿しくなるが、それも作者の思惑通りだから、放っておくとして、プローテウスの感情移入の深さが直接話法に再現したエウリュディケーは、不平はむろん、何を意図しているのでもない[16]。ただ問いを発するのみ。能動と受動の境にあって、運命に。哀切のこの刻印は逃れがたい。

  言いおわるや　男の眼からたちまち、煙が空気に　　　　　499
  薄くまざったように、向こうに消えて、もう　かれを
  亡霊たちをむだにつかもうとし　多くのことを
  さらに語りかけようとするかれを　見ることはなかった、オル
   クスの渡し守は
  このうえ　前を隔てる沼を渡るのを許さなかった。　　　　503

奪われたエウリュディケー（v.519）。憐れむべきオルペウス、かれの眼に

映っているのはいまや女の亡霊である。「亡霊は煙のごとくに地下の国に去る」(Il.XXIII.99)。その亡霊がことさら複数に置かれていて、切実である。

 どうすべきだったか？　どこへ　妻を二度奪われて　足を運ぶ
  べきだったか？　　　　　　　　　　　　　　　　　504
 どんな嘆きでマーネースを、どんな声で神々を動かせばよかっ
  たか？　　　　　　　　　　　　　　　　　　　　505

三つの疑問文を導入する四つの疑問詞はさきの te の頓呼法の詩句とシンメトリーをなして、語り手の強い共感を示しているが、悲嘆の内実はすでに異ならざるをえない。te と呼びかけることはもはやできない。マーネースは死者の霊。

 かの人は川をまさに渡りつつあった　もう冷たくなって　ステュクスの小舟で。　　　　　　　　　　　　　　　　　506

疑問の積み重ねに対して、すっと平静な、この一文の詩行はまことに冷たい。岸に垂直に引かれた一筋の澪を乱すものは何もない。乱れはオルペウスの心にある。それも、しかし、眼から、エウリュディケーの最後の姿が水のかなたに吸いこまれるとともに冷え冷えした諦念にしずもってゆく。そして、諦念から噴きあがるのは嘆き、純粋な嘆きである。

> かれは　聞くところでは　七ヵ月のあいだずっと　　　　　507
> 空にそびえる崖の下で　人気のないストリュモンの川波近く
> みずからを嘆いて泣き、また歌をほとばしらせた　凍った星空
> 　のもとで
> 調べで　虎をもなだめ　楢の木をも引きつけて、　　　　　510

人口に膾炙するオルペウスの歌の力。もともと冥府下りの物語とは別の系統の伝承がここに使ってある。この歌がついになだめることができないもの、それが歌い手の嘆きである。聞くところでは perhibent という間接話法は epyllion の技法で（Cf. Thomas）、もともとホメーロスに由来する由。Mynors がここにプローテウスの全知を見るのは妥当な読みである。なお、509 行のおわりは、テキストでは、sub antris（洞穴のもとで）であるが、異文の sub astris を採用した（Cf. Thomas）。

> さながら　ピロメーラーがポプラの葉陰で　悲しみのあまり　511
> 失われた子らを嘆いて鳴いているよう、無情な農夫が
> まだ羽毛もそろわぬのを見つけて持ち去ってしまったから、か
> 　の女はなおも
> 夜通し鳴きつづけ、枝にとまっては悲嘆の歌を
> またはじめて、悲しい声であたりを遠く満たしている。　　　515

ピロメーラーは、夫の愛欲に原因する子殺しと夫にその子の肉を食わせた

ために、鳥に変えられた女。もとのギリシア神話での姉妹の役割がローマでは逆転したので、姉のピロメーラーがサヨナキドリ（ナイチンゲール）で、妹のほうが舌を切られて、ツバメになる。ここでは、雛を持ち去るのはあくまで農夫である。『農耕歌』の第2巻にも、農夫が木を切り倒し、鳥が巣を捨てて飛び去る箇所がある（II. 207-210）。ともにホメーロスに見える雛を奪われた鷲の嘆きを典拠とする（Od. XVI. 216-218）。したがって、無残な読みを見事な比喩にもちこむのは不必要なことのようだが、この五行の比喩が物語の最後の五行と明かなシンメトリーをなすことからしても、美しい歌には、許しを乞う響きが、愛欲の酷たらしさが雲のように薄れてゆく音調に遠くまざっている。そして、その響きは、オルペウスの嘆きにひそむ妻殺しの意識をかすかに暗示する、語り手の口調のようにも聞こえてくる。パウサニアースの『ギリシア案内記』によれば（IX. 30.6）、オルペウスの墓所で鳴くサヨナキドリの歌はとりわけて美しいという口碑があった。

　　どんな愛欲も、どんな婚姻もかれの心を変えることはなかった。
　　　　　　　　　　　　　　　　　　　　　　　　　　　　　　516

テキストは行末にコロンを打っているが、一行一文の506行との対応を考えて、これはやはり一文と見たい。この対応は意味内容はむろん、簡潔に凝縮された畳みかけるような構造にも関係している[17]。これを図示すると（括弧のなかは行数）、

	I		II	
A	v.506	(1)	v.516	(1)
B	v.507-510	(4)	v.517-522	($3\frac{1}{4}+2\frac{3}{4}$)
C	v.511-515	(5)	v.523-527	(5)

Aはともに一文で、それぞれ、物語の後半部の始まりと重要な展開とを画する。Bはオルペウスの反応。しかし、Iの四行に対応するのはIIの三行と四分の一行のみで、それも、内容を見れば、対立を含んでいる。IIのBの残りの二行と四分の三行はIIのAの展開をうけて、オルペウスの殺害という思いがけない内容を示すことになる。これに対して、Cはシンメトリーの形式にサヨナキドリの嘆きの歌とオルペウスの最後の声をおさめている。しかし、この場合にも、意味合いはやはり対立的であり、それがVenus（v.516）のありかたにかかわっていることに注意したい。

Venusは動物に共通する愛欲であって、『農耕歌』第3巻の家畜について、後述するように、重要な主題の一つになっている（この巻のミツバチについても）。オルペウスの物語の発端にも、アリスタイオスのVenusの働きがあった。主人公が悲嘆のさなかでVenusを忌避しても、なんら不思議はない。しかし、そう納得するだけではすまされないものを、サヨナキドリの寓話は含んでいる。オルペウスとサヨナキドリは、Venusに注目するかぎり、パラレルな関係には立ちえないからである。オルペウスはVenusと婚姻とを拒否する。516行が動かしがたく表現しているように、これは決意である。決意の力はamorに、エウリュディケーの二度目の死に対する罪障意識を包蔵してもいるamorに由来している。したがって、いま、amorという言葉をVenusに対立させてもちいるなら、オルペウス

に関するかぎり、amor は稔りをもたらさない、不毛の愛である。この語はすでに、リュラーで痛ましい愛をなだめつつ solans aegrum testudine amorem（v.464）と出ているが、aeger という形容詞は病気デアルを原意とする。不毛の amor の病。オルペウスが好んで彷徨するのも、遠い北方の氷と雪と霜の土地であった。

> 一人　ヒュペルボレオイの氷原を　また雪のタナイスを　　　　517
> またリパエイーの霜の消えることなき野を
> さまよっていた、奪われたエウリュディケーを　成就しなかっ
> 　　たディースの
> 贈り物を嘆きながら。キコネースびとの母たちはかれの献身に
> 　　侮蔑されて
> 神々の祭式と夜のバッコスの供犠のさなかに
> 若者を切り裂き　広い土地にばらまいた。　　　　　　　　　522

ヒュペルボレオイは極北の伝説の住人（ヘロドトス『歴史』Ⅳ. 32）。タナイスは黒海にそそぐドン川。リパエイーはスキュティアの北にあるとされた山脈。いずれも不毛の風土を象徴する。

　オルペウスはもう植物にも動物にも囲まれてはいない。一人 solus（Cf. v.465）、不毛の山河をさまよっている。奪われたエウリュディケーに対する aeger な献身の歌に共感する者はどこにもいない。トラーキアの母たち matres の手がついにオルペウスの殺害を実行することになるのも、この amor の不毛のゆえである。オルペウスの死にまつわる伝承は幾通りかあ

るが、バッコスの信女たちを殺害者とするのは、アイスキュロスの『バッサライ』の断片を伝えているとされるエラトステネースの星座（琴座）の物語に、ディオニューソスがオルペウスの背信に立腹して、バッサライ（バッコスの信女）たちを派遣し、四肢をばらばらに切り裂かせた、とあるのがもっとも古いそうである[18]。プラトンにも、女たちの手にかかって、とあり（*Symp.* 179E）、また前五世紀のアッティカの赤絵陶器に、トラーキアの女たちに槍や剣や斧や石で攻撃されているオルペウスを図柄とするものが多く残っている[19]。ウェルギリウスはこの系統の伝承を基本として、のちにオウィディウスが大々的に展開する侮辱された女たちのモチーフをもないまぜて、場面を作っている。matres については、女たちの意味で、母という含意はなく、韻律の関係で採用されたにすぎないとする注釈者たちの意見に従うべきかもしれないが（*Cf.* Mynors, Huxley）、犠牲を捧げて、土地の不毛を祓う豊穣儀礼めいた雰囲気が全体に漂っていることは否めないだろう。アリスタイオスのミツバチが母親の助けで復活したように、死と再生の祭りごとを司る者は、太古以来、母であったことを思い出してもよい。ともあれ、オルペウスの八つ裂きは異例の大休止のあとに K 音を特徴的に響かせて、興奮をことさら高めながら、実行された。

折りしも　大理石のごとくに白い頸から引き抜かれた頭を　　　　523
渦巻きで川中に運びつつ　オイアグロスのヘブロスが
　ころがしていると、エウリュディケーと　声がみずから　そし
　　て冷たい舌が、
　ああ　哀れなエウリュディケー！と消えかかる息で　呼ぶので

36

> あった、
> エウリュディケーと　ずっと　こだまを返しはじめた　川沿い
> 　　に　両岸が。　　　　　　　　　　　　　　　　　527

　トラーキアのヘブロス川の激流が、投げこまれたオルペウスの夜目にも白い首を回転させながら流してゆく。オイアグロスの Oeagrius はオルペウスの父の名に由来する形容詞で、ここではトラーキアに同義。一つの伝承では、首が（竪琴も）流れつくさきはレスボス島であり、墓がそこにあったという。引き抜かれた首が言葉を発するのも、作者の発明ではない。文献資料よりも早く、五世紀後半のアッティカの赤絵陶器に、神託を述べる首を図柄とするものがいくつかある。しかし、オルペウスの首がエウリュディケーの名を呼ぶのは詩人の明らかな創案である。呼ぶといっても、冷たく硬直しつつある舌が発する声だから、必ずや不明瞭にくぐもってゆくはずで、詩句を音読すると、

> uolueret, Eurydicen ： uox ipsa et frigida lingua,　　525
> a miseram Eurydicen! ： anima fugiente uocabat ：
> Eurydicen toto ： referebant flumine ripae.　　527

　第二の Eurydicen が母音省略によって、r'eurydi-cen という、r を二度響かせる音になっていることに気づく。Eurydice という四音節の語は母音の長短の関係で、詩法上、最初の二重母音を ictus の位置に持ってくるほかはない。第一の Eurydicen もこの位置にあるが、そこでは、明瞭に発声

できる音になっている。それに比較して、第二の名の呼びかけは、rの音がどうしても Eurydicen の頭にかぶさってくるので、その分、不明瞭な音に変わってしまっている。これは決して偶然のことではない。この母音省略がウェルギリウスの時代に、どう音読されたかはむろんわからない。あるいは、六歩脚の長さをあえて踏みこえて、-ram を発音する人もあったかもしれない。しかし、それは別の問題である。この一行については、少なくとも、意味に相関する発音のしかたをとりたいし、また、そうしなければいけないと筆者は思う。すなわち、二度の r はオルペウスの舌先の痙攣なのである。痙攣のみならず、テンポも切迫している。そして、三行目の Eurydicen、これは第一の声に呼応して、詩行の冒頭で、鮮やかなこだまを返している。この行は五語からなり、反響させていた referebant という動詞を中心にして、内側に奪格におかれた形容詞と名詞を、外側に目的語と主語を配するという単純なシンメトリーを構成しているが、この形は同心円の弧と見るべきで、つまり、波紋をなして広がるこだまの再現である。テンポについても、長短短格と長長格の交互の配置が波のうねりを生み出している。こうした mimetic な詩句の組み立ては、ウェルギリウスが得意とする技法であった。

　ところで、死者の名を三度呼ぶのはローマの葬送儀礼で、『アエネーイス』第6巻にも、その場面がある。冥府に下ったアエネーアースがメネラーオスに討たれたヘレネーの夫デーイポボスに声をかけて、汝の墓は、空墓ではあっても、建ててあると、霊を安心させる場面である。「わたしは汝の霊に三度大声で呼びかけた、汝の名と武具はいまもその場を守っている」（VI. 506-507）。フュステル・ド・クーランジュの『古代都市』に

よれば、「葬儀のおわりには、死者の魂を生前の名で三度呼ぶのが習慣であった。そして、魂が地下で幸福に暮らすように祈った。」[20] 憐れむべきオルペウスがいまわの際に祈ったのはエウリュディケーの死後の幸福であった。その呼びかけが二度で途切れて、こだまによって引きつがれるというのは、哀切のきわみだが、ひるがえって考えてみれば、オルペウスにまことにふさわしい終末である。川岸はいたずらに反響しているわけではない。こだまはオルペウスの祈りに呼応する最後の共鳴であり、事物がオルペウスの歌の力に呼応する最後の応答であった[21]。

　かくして、予言者プローテウスのオルペウスの物語はおわる。

　続くはアリスタイオスの物語の結末であって、供犠によるミツバチの発生が語られることになる。アリスタイオスが、かれは『農耕歌』の主題をすべて覆って、農夫であり、果樹栽培者であり、牧人であり、養蜂者であるが（v.326-332）、生命を見事に復活させたについては、ニンフたちの助力、母の助言に助けられたのに加えて、本人がまさにホメーロスの英雄にふさわしい力を発揮して、予言者を捕らえたからでもあった。母に嘆きを訴えることからして、アキレウスという先蹤があった（*Il.* I. 348-427）。この叙事詩の主人公にふさわしい男に対して、プラトンに臆病者と呼ばれた伶人はどうだろうか（*Symp.* 179D）。もう一度、はじめに掲げた、サヨナキドリの寓話を含めた、アリスタイオスとオルペウスの物語の対照表を見てみたい。はじめに、ミツバチが全滅し、エウリュディケーが死に、雛が奪われる。ついで、嘆きがあり、鳥の場合を除いて、通過儀礼の試練を思わせる他界へ下る旅がある。しかし、パラレルに見える物語はここまでにすぎない。アリスタイオスには、神的な賢明さをそなえた味方があり、

必要とあらば、非力でもない。オルペウスはあくまで一人で、嘆きの歌を歌っている。サヨナキドリも連れあいを失ったわけではない。遅くとも来春にはまた雛をかえすだろう。これも一つの復活である。しかし、オルペウスは春をもとめない。妻をふたたび失ったいまは、さながらに季節の巡りがない。ミツバチや鳥の雛とはちがって、エウリュディケーは掛けがえがないからである。同時に、オルペウスはなんの労働 labor にもたずさわっていないからである。かれは農夫でもなく、牧人でもなく、養蜂者でもない。生産にはかかわらない音楽家である[22]。この歌い手は amor においても、生産的ではない。つまり、Venus にかかわらない。Venus は本来人にも動物にも共通のものであるのに。『農耕歌』第3巻（v.242-244）には、こんな詩句がある。愛には、amor がつかわれているが、ここでは、Venus に等しく、不毛ではむろんない。

　　すべて　まことに　地の生き物は　人も獣も
　　また海の族　家畜の群れ　色あざやかな鳥たちも
　　燃え盛る火にとびこんでゆく、愛はすべてに同じもの。

　　Omne adeo genus in terris hominumque ferarumque
　　et genus aequoreum, pecudes pictaeque uolucres,
　　in furias ignemque ruunt : amor omnibus idem.

このような発想は、ウェルギリウスが青年期に学んだエピクロス学派の哲学（隠れて生きよ lathe biosas という寂静主義は詩人の生涯をつらぬく哲

学になる)、とくにルクレーティウスの『事物の本性について』に由来するものであり、この書は『農耕歌』の構想に深く関連している。原子論の詩人は、たとえば第1巻の冒頭で、ウェヌス Venus に、大地を生命で満たし、生きとし生けるものをなべて懐胎させ、誕生させることによって、事物の本性を一人で支配している愛の女神に、叙事詩の伝統に則った讃歌を捧げて、加護を祈っているが (v.1-27)、Venus は、他方では、法則として把握された、生成する自然 natura をさしている。感覚と生殖の機構を論じた第4巻では、女神の業の詩的な暗示から生理学的な意味合いを付与された用語として自在につかわれているのも、うえの把握による[23]。いかにも、愛はすべてに同じもの。しかし、オルペウス、この性急な恋する男 incautus amans (v.488) は Venus を拒否し (v.516)、不毛の amor (v.464) を守っている。オルペウスの決意にとっては、Venus と amor の違いははっきりしたものである。したがって、これらの言葉の使用は、オルペウスの物語の範囲では、有意味的に区別されていると考えてよいだろう。そこで、Venus と amor に労働 labor をくわえた三つの指標について、登場人物のプラス・マイナスの一覧表を構成すれば、次のようになる。対比のために、ミツバチと家畜も加えておく。

	サヨナキドリ	ミツバチ	家畜	アリスタイオス	オルペウス
labor	−	+	+	+	−
Venus	+	−	+	+	−
amor	−	−	−	−	+

自然は、それ自体がものを生み出す力 natura であって (『農耕歌』II. 9,

49)、労働を知らない。家畜の労働は、人間が自然に課している強制にすぎない。ミツバチの労働は、作者によって、社会に献身する無私の行為ととらえられて、象徴的な意味を与えられているが、それは人間との対比のうえでのことである。また、ミツバチの Venus が特異なのは、『農耕歌』が自然発生説を建前にとっているからで（Ⅳ. 197-202）、アリスタイオスの物語がそもそもミツバチを自然発生させる方法の縁因譚であった。この方法はギリシア語でブーゲネース（雌牛カラ生マレタの意。ラテン語でbugonia）と呼ばれ、前三世紀からの文芸作品に出てくる由。『農耕歌』が素材をあおいだウァルローの『農業論』の養蜂の節でも最初にふれてあるが[24]、それはお話としてのことで、たとえばアリストテレースを見れば、この哲学者がミツバチの自然発生を信じていたわけではない（『動物発生論』3.10）。作者がこれをとりあげたのも、アリスタイオスの epyllion をもちこむための恰好の手掛かりとしてであった。

さて、表に見られる通り、ミツバチとオルペウスは対照的な関係にあり、家畜とアリスタイオスは同等の関係にある（これらははじめのサヨナキドリとは明快な対立、自然と文化の対立を示している）。そして、オルペウスが、本来アリスタイオスと同等であるべきところを、特異な位置に立っていることがわかる。では、この特異な位置はアリスタイオスの物語のみならず、『農耕歌』の全体のなかで、どのように読まれるべきであろうか。

『農耕歌』は、全篇の構想が柔軟かつ細緻で、象徴的な対応関係をあまねく張りめぐらせて、予言的であって、また現実的、天変地異と歴史の相関を論じて（1巻）、知性的であると見れば、情感的、イタリアの国土の讃歌 laudes Italiae の豊かなナショナリズムのように、あるいは田園生活

に対する郷愁にみちた賛美のように（ともに2巻）、敬虔なよろこびを率直に歌いあげるかと思えば、ノーリクムの疫病の悲惨な描写のように（3巻）、暗鬱のきわみに執念をもって沈吟し、といった風に随所で意味深い道草を長短さまざまにくいながら、鉄の時代に生きる人間の四つの生産労働、農業、果樹栽培、牧畜、養蜂の主題について、有用無用の技術的知識をふんだんにとりあげては、ある時は軽快に、ある時は重々しく説き来たり、また説き去ってゆくという作品であるから、教訓詩の体裁をとっているとはいえ、単純な主張を一色掲げた詩篇ではとてもない。言葉はすべて柔軟な響きを帯びて、明暗の光をはなち、行間には、詩人の共感と深い敬虔が、そして、人の世にある一筋のさびしさを思いやる大きい悲しみが湛えられている。分析は当然ここに届いて、そこから立ちあがってこなければならない。当面の問題の労働についても当然同じことで、要約するのは危険だが、ひとまずこういうことになろうか。黄金時代の人間は労働を知らない。しかし、父なる神ユーピテルの意志が人間に困難をあたえることに傾いたために、人間は自己の工夫と経験でもって、労働、すなわち自然への働きかけを技術的におこなって、文化、すなわち有形無形の労働の集積を作りあげてきた。そこには、自然、この生成の力との美しい調和がある。しかし、いまは鉄の時代である。困窮があり、日々の争いがあり、戦乱がある。天変地異も頻繁である。生成力はまた破壊力であり、一切の生命に病と病苦と死とをもたらす。調和はつねに破られている。労働はいつも苦難のいとなみとならざるをえない。この厳しい運命を満腔の敬順をもって受け容れるには、敬神と心の調和、そして労働と生活との調和が必要である[25]。労働はあくまでも苦しいが、乏しきよろこびをもって、自然との調

和を図る人間、調和を寂静の生活において実現する人間であって、はじめて、かの黄金時代の回帰を歴史に望むことが許されるであろう、と。

オルペウスの物語をかくのごとき思念に照らして、あらためて読みかえすとき、オルペウスの amor の稔りなき不毛の意味合いをことさらに取り違えることはありえない。それは amor に対する警告である。なぜなら、そこには、調和がない、自制と決意がない（憐れむべきオルペウスの唯一の決意は、すでにエウリュディケーが二度の死を迎えたあとの不毛の amor の決意である）、amor をもって労働に代えることはできない、労働のないところに、人間的調和は生まれない、あのアリスタイオスでさえ見事にミツバチを復活させたではないか、とウェルギリウスは否定の言葉をつらねるにちがいない。調和どころではない。詩人は明確に乱心 dementia と書いていた（v.488）。それは、ルクレーティウスに見える、愛の害悪 in amore mala（Ⅳ. 1141）に対応する言葉であり、主張もまた等しい。しかし、その主張は、他方では、国家と社会の要請にやすやすと取りこまれやすい内容であることにも思いをいたさざるをえない。政治体制は個と個性の掛けがえのなさをつねに集団の無名性のなかに吸収しようとする。あたかも、ウェルギリウスが若干のアイロニーをもって描き出した、ミツバチの予定調和の社会がそうであるように。この昆虫の霊性（Ⅳ. 219-222）はいざ知らず、鉄の時代の人間にとっては、調和がもし、労働と Venus がそれぞれ対面する自然について、そして amor についても、そこに掛けがえのなさをもとめることを排除するならば、それは調和と呼びうるものであろうか。いや、待ちたまえ、とウェルギリウスは続けるであろう、それでも、人間はこの隘路を歩まなければならぬ、と。ローマの平

和を演出するオクターウィアーヌスの政治的干渉がたとえあったとしても[26]、小自作農家の出身である詩人が『農耕歌』という詩篇の本来の理念を帰農政策という見かけの政治路線からあたえられたというようなことは考えられない。ウェルギリウスはこのときすでにローマの国家詩人への道を歩んでいたが、それも、詩作の労働に何ら影響するものではなかったはずである。詩人は、やはり、この隘路に自ら立っている。ということは、amorの読みもまた、『農耕歌』を規定するエートスとしての教訓詩の枠組の中におさまるということである。

　しかし、果して、オルペウスの物語はamorの警告という教訓的メッセージにつくされる物語であろうか。少なくとも、後世はそうは受け取らなかった。見やすいことだが、あまりにも整合的な読みを人々に単純素朴にとらせなかったのは、一人の詩人の天与の才能がartistryの限界をつくして豊かに彫りあげた詩句の感情の深みに達する力の作用であった。そこに、オルペウスのミュートス mythos が生まれた。ミュートスの誕生は物語の誕生であり、同時に、神話の誕生でもある。神話といっても、ギリシアがオルペウスのミュートスを生んだのではない。ギリシアのオルペウスがamorのミュートスに関係しないのは、周知の事実である[27]。しかし、オルペウスの歌（音楽）の力は、ギリシアがホメーロスの以前から伝承してきたミュートスであった。それは必ずや人類の太古、人が言葉をみずからのものとし、言葉をもって存在に対し、世界を分節した原初の時にまで遡る記憶にちがいないが、それはひとまずおいて、両者、悲劇性を本質とするamorと歌の力との結合がオルペウスのミュートスを誕生させる。この誕生は、ひとえに、主人公の名を裏切らない、ウェルギリウスのラテン

語の剛健かつ繊鋭な言葉の音楽の捧げ物であった。作者の意図というものがあるとしても、それは言うにおよばない[28]。詩は作者を従属させる。詩作の伝統に則った言いかたをすれば、詩人はムーサたちの奉仕者である。女神に仕えるこの無垢の奉仕があって、はじめて、作品は浄福をみずからにえることができる。ウェルギリウスの文学意識は教訓的メッセージの単なる伝達に甘んじるものではなく、遙かな高みを望んでいた。そして、高みを望むということが詩人の無垢の労働であるなら、もう一つのメッセージ、教訓の影に隠されたメッセージをここに読みとり、これをもって本来のものとすることが許されるのではないだろうか。詩人の敬虔な義務は社会が課す道徳と国家が課す規範との枠を踏みこえ、踏みこえることによって、道徳と規範との基礎を問い、明かにし、言葉とすることである、その個性の業のゆえに、よし排斥され、闘い、ついに敗北し、オルペウスのごとき無残な死をむかえることになっても、後世はその業を詩人の名に背くこととはしないはずだ、いや、かれこそは歌の業の誉れ、歌びとの誉れである、その証しはいくらもある、わたくしもまた、名も高きオルペウスを歌った[29]、と。しかし、このメッセージは、言葉が高みを自己のものとしていなければ、観念の戯言にすぎない。詩は思念によって成り立つものではない。このレアールな高み、オルペウスの実在は『農耕歌』を読むすべての人によってただちに感得されるはずである。感得することは、高みを見定める作業に参与することである。読み手たちがつぎつぎにこの作業に参与し、新たな高みを生み出し、また新たな読み手を作り出してきたことは、ヨーロッパの二千年の歴史の一瞥によって瞭然とするだろう。オルペウスのミュートスはひとたび生まれ落ちるや、Venus をもって amor を覆

うオウィディウスのパロディさえも生真面目に取りこんで、ローマからキリスト教古代へ、そして中世へ、中世からルネサンスへ、近代へと伝えられ、文学はむろん、絵画、ルネサンス以来のオペラを代表とする音楽、彫刻、さらには映画、等々、ジャンルを多様にまたぐ作品群に驚くべき変身の力の持続を示してきた。そして、力は現になお保たれている[30]。端的な例を一つあげれば、たとえばリルケのごとき、ダンテがウェルギリウスに案内されて巡歴した、あの地獄が無意味におぞましい姿を地上に現しつつあった時代にあって、言葉の測鉛を意識の冥府に深く下ろして、死と存在とに向きあうことに力を傾けている詩人の眼には、オルペウスの形姿が衝迫力に満ちた原型的詩人として現れている。詩人たちは自ら問うている、というより、なにものかに問われている。その問いは、言葉がすでに真理を担う力を失ったのではないか、という critical な問いである。さなきだに危機の裂け目はひとしお深い。ゲーテがつとに抱いていた危惧——詩は内部へ引きこもるにつれて衰退の道をたどることになるという危惧、それが時代の進むとともにいよいよ明らかになってくる。だから、言葉の価値をめぐる思索が一通りの解決に安座するというようなことはありえない。詩人たちが疎外を拒否するかぎり、それは詩人に固有のいやましに暗い課題であり続けるだろう。オルペウスのミュートスはヨーロッパの文学的オプセッションである。そこには、確かに、たとえば amor のように、ヨーロッパ社会に独自の歴史上の主題が水脈の断面をのぞかせているが、それはまた、愛の底知れぬ深みに通じる地下水道である。他方、民族と国家の地獄に眼を転じれば、阿鼻叫喚はもはや地球と歴史を等しなみに覆いつくしてしまっている。どこにあっても、エーリュシウムは茫々たる昔語りに

なりおわった。時代の行く手はいわば黒闇々として、明るい。明るい闇は虚空である。虚空に一本の綱を渡して、綱の上で踊ったり、はしゃぎまわったりすることの滑稽と悲惨とは言うまでもない。しかし、そうであればなお、こう記さなければならない。ウェルギリウスの簡古な小品、このミュートスの源泉が深く湛えている浄福に言葉を透明にひたすには、いまの世であれ、遠い来るべき時であれ、人の心の高い犠牲によるのほかはない、と。かような経験への沈潜から身をもちあげるとき、言葉は辛うじて authenticity を自らのものとすることができるだろう。Hic finis fandi.（ココニ終レリ　語リウルコトハ）

テキスト

Mynors, R. A. B., *P. Vergili Maronis Opera*, Oxford, 1980〔1969〕.

注釈

Huxley, H. H., *Virgil, Georgics I & IV*, Bristol, 1992〔1963〕.

Thomas, R. F., *Virgil, Georgics*, 2 vols, Cambridge, 1990〔1988〕.

Mynors, R. A. B., *Virgil, Georgics*, Oxford, 1990.

注

1) Wright, D. H., *The Vatican Vergil*, California UP., 1993, pp.1-3.
2) Clausen, W., *Virgil, Eclogues*, Oxford, 1994, p.103.
3) Clark, R. J., *Catabasis: Vergil and the Wisdom-Tradition*, Grüner, 1979 は冥府下り catabasis という文学的テーマを紀元前二千年期に遡るシュメール、アッカドの神話、『ギルガメッシュ叙事詩』、ホメーロス、ギリシア神話、『アエネーイス』とたどったまことに興味深い研究で、『農耕歌』をもとりあげて、ディオニューソスの冥府下りとの比較、オルペウスの伝承のヴァージョン問題の検討（注7）参照）を詳しくおこなって、ウェルギリウスの mythopoeia の方法に迫っているが、結論は当然ながら暫定的である。
4) ギリシアの伝承を見通して簡潔にまとめた最近の研究として、Graf, F., A Poet among Men, in Bremmer, J., ed., *Interpretations of Greek Mythology*, Routledge, 1990, pp.80-106. Freiert, W. K., Orpheus: A Fugue on the Polis, in Pozzi, D. C. and Wickersham, J. M., ed., *Myth and the Polis*, Cornell UP., 1991, pp.32-48. 古いものとしては、やはり、Linforth, I. M., *The Arts of Orpheus*, Arno Press, 1973〔1941〕．これらの資料の集成は、Kern, O., ed. *Orphicorum Fragmenta*, Weidmann, 1972〔1922〕．
5) 死者の国の toponymie と topographie については、Brunel, P., *L'Evocation des Morts et la Descente aux Enfers*, SEDES, 1974, pp.63-94.
6) オルペウスはホメーロス、ヘーシオドスには姿を見せず、前六世紀から文学、彫刻、陶芸品に現れてくるが、つねに魔術的な音楽家（リュラー奏者と歌い手）と

してであった。*Cf.* Anderson, W. D., *Music and Musicians in Ancient Greece*, Cornell UP., 1994, pp.27-28. オルペウスのこの形姿がギリシア人に対してもっていた強い訴えかけは、音楽がギリシア思想に占める特別な位置を考えなければ、十分には理解されないだろう。時代はずっと遅れるが、紀元後160年のギリシア人アテーナイオスの『食卓清談集』*Deipnosophistae*には、「概して、ギリシア人の古来の智恵がもっとも熱心に傾けられた格別のものは音楽であったと思われる。神々のうちでは、アポローンが、半神たちのうちではオルペウスが、ともにもっとも音楽的であり、もっとも賢明であると考えられていたのはそのゆえである」という文がある（Barker, A., ed., *Greek Musical Writings*, Vol.I, Cambridge, 1987〔1984〕、p.292）。音楽は人の霊魂 psyche にかかわり、宇宙の理法 logos にかかわり、そして、両者の調和にかかわっている。これについて、音楽史家のリップマンは harmonia という語の語源からはじめてヘーラクレイトス、ピュータゴラス、そしてプラトン哲学の数とイデアの超越性に説きおよんでいる（Lippman, E, A., Conceptions of Harmony, in *Musical Thought in Ancient Greece*, Columbia UP., 1964, pp.1-44）。他方で、オルペウスが冥府に音楽の力によって下ったという伝承はシャーマニズムの儀礼的技法に関係するように推測できるので、オルペウスの形姿のシャーマン的起源をめぐって、さまざまな議論がなされてきた。*Cf.* Eliade, M., *Shamanism*, Princeton UP., 1964〔Payot, 1951〕, pp.391-392. Dodds, E. R., *The Greeks and the Irrational*, California UP., 1951, pp.146-149. 当然いわゆる panshamanist に対する批判も出て、必ずしも意見の一致を見ているわけではないが（*Cf.* Graf, *Op. cit.*, pp.84-85）、近年、オルペウス教の伝承文学の研究をまとめあげたウェストが、前六世紀の末か五世紀の初頭からネオプラトニズムに至る、この文学の発展をたどる視点から、まず最初の段階で、シャーマニズムの性格を帯びた詩篇、あるいはシャーマニズムの要素が認められる儀礼をそなえている宗教集団において集団のために作られた詩篇が、過ぎし世の偉大なるシャーマンとしてのオルペウスに帰せられたと述べていることに注意しておきたい。West, M. L., *The Orphic Poems*, Oxford, 1985〔1983〕, pp.3-7.

7) Crump, M. M., *The Epyllion from Theocritus to Ovid*, Bristol, 1997〔1931〕, pp.22-24.

epyllion（= little epic）というジャンルが近代に考案されたことをことさら嘆く研究者もある。アリスタイオスの物語をこのジャンルに分類することによって、本筋の話から思いがけなくオルペウスの物語を語りはじめる、ウェルギリウスの工夫の独創性が無視されることになる、というのだが（Williams, G., *Tradition and Originality in Roman Poetry*, Oxford, 1968, pp.242-243）、それは読みの問題で、ジャンルを設定する文学史的方法の有効性はあながち否定できないだろう。ところで、これとは異なった意味においてではあるが、アリスタイオスとオルペウスとを結びつけたのはウェルギリウスが最初であって、『農耕歌』以前の文献には見えないそうである。ギリシアのオルペウスについての基本的研究であるGuthrie, W. K. C., *Orpheus and Greek Religion*, Princeton UP., 1993〔1952〕, p.31 には、アリスタイオスの名はウェルギリウスをめぐって一度出るだけであり、『農耕歌』の基本的研究の一つ、Wilkinson, L. P., *The Georgics of Virgil*, Cambridge, 1969, pp.113-116 はこれを確認している。最近の研究では、Lee, M. O., *Virgil as Orpheus-A Study of the Georgics*, New York State UP., 1996, pp.14-17 がアリスタイオスの伝承を検討して、ウェルギリウスによる創案の解釈を提示している。ここにはっきり現れているように、『農耕歌』の作者がギリシア以来の伝承をどのように取捨選択し、また創案をくわえたかという問題は読みの基礎となる重要な研究テーマである。しかし、これは容易に決着がつかない論点でもある。もっとも議論を呼ぶのは、オルペウスはもともとエウリュディケーを連れもどすことに失敗したのか、それとも成功したのかという問題である。これは古くから論じられてきたところだが、たとえば前掲のLeeはエリウピデスの『アルケスティス』357-362を、妻を地獄から連れもどすことに成功したヴァージョンのはじまりと見て、これにもとづく一連のヘレニズム時代の文献を前一世紀のディオドールス（4. 25. 4）まで検討し、オルペウスの冥府下りをオルペウス教の教理伝承に由来する物語であると見て、成功のヴァージョンが本来で、ウェルギリウスがなんらかの先行作品にもとづいて練りなおした失敗のヴァージョンは比較的後代の文学的創案であるとする。しかし、これと、たとえばプラトンの『饗宴』179D-E、ナポリ美術館の前五世紀の大理石浮彫（オルペウス、妻、ヘルメース）、そして

日本、ポリネシア、北アメリカに分布するオルペウス型説話、とくにイザナギの黄泉国訪問譚、の読みとの「矛盾」を統一的に解決することは、氏の試みのごとくユンクの集合無意識をもちだしてみても、なかなかむずかしいように思われる。オルペウス教徒が失敗を成功に変えてしまったと逆に解釈しても、Lee の読みの筋が変更を迫られるわけではない。Linforth, *Op. cit.*, pp.19-20 のように、プラトンのころすでに二通りの物語があったと見ることもできる。さて、本稿にいうミュートスの誕生は、失敗のヴァージョンがウェルギリウスの創案であるか、どうか、にはひとまず関係しない。悲劇的失敗であればこそ、衝迫が強いことは明かだが、筆者としては、詩人が物語を、それが創案であろうとなかろうと、いかに歌っているかという文学的完成度に注目したい。なお、Lee はウェルギリウスの創案として、他に、エウリュディケーが水蛇にかまれて死ぬこととオルペウスの八つ裂きを挙げている。

8) Wilkinson, *Op. cit.*, p.116 は F. Klingner の説をうけて、オルペウスがトラーキアの女たちに殺害されたあと、悪疫が広がったので、神託によってオルペウスの首をさがして埋葬し、祭祀をおこなったというウェルギリウスと同時代人のコノーン Conon が記録した郷土伝承を援用して、アリスタイオスに対するオルペウスの怒りを説明する。これをにわかに納得しかねるのは、ウェルギリウスが物語のすべてをエウリュディケーの二度目の死に重点を置いて、組み立てているのに、オルペウスの祟りなるものを一挙にアリスタイオスにふりかからせるからである。『農耕歌』によるかぎり、オルペウスは殺されるままに死んでいっただけで、直接の殺害者たちにさえ祟るとは考えられない。うえの伝承はもともと別系統の話を前提としている。Graf, *Op. cit.*, pp.87-88 参照。

9) non のこのような用例は、もう一つ、『詩選』の第三歌に見える。詩行の冒頭に来る例としては、ウェルギリウスの全行でおそらくこの二つであろう。Non, uerum Aegonis; nuper mihi tradidit Aegon. (v.2)。「いや、アエゴンのだ、この前ぼくに預けたのだ、アエゴンが。」管見のかぎりでは、第一行について筆者と同じ読みをしている研究者は、Otis である。しかし、注釈ではなく、パラフレーズの体裁の文である。Otis, B., *Virgil. A Study in Civilized Poetry*, Oxford, 1967

〔1964〕, p.197.

10）Otis, B., *Op. cit.*, pp.192-193 はこの点に注意して、アリスタイオスの物語における神託（オルペウスの物語）の中心性を説く。この書の評価は非常に高いように見受けられるが、Georgics 論も詩篇の構造から詳細に説きおこして、巻ごとの読みを相互の対応関係のなかで提出する、はなはだ緻密な論考である。オルペウスの物語については、主観的スタイルの内容との連関を指摘したうえで、オルペウスの amor と音楽の art がどれほど共感を呼ぶものであっても、自己制御がなければならないという教訓を『農耕歌』の全体と広くウェルギリウスの作品に現れる人間観とに目を配って読みとっている。なお、注 28) 参照。

11）Snell, B., Arkadien: Die Entdeckung einer geistigen Landschaft, in *Die Entdeckung des Geistes,* Vandenhoeck & Ruprecht, 1975, pp.257-274 はウェルギリウスの牧歌におけるギリシア語地名の詩語としての文学的効果について種々の示唆的な指摘をおこなっている。

12）この表記法を含めた韻律法についての基本的な考えは、Nussbaum, G. B., *Vergil's Metre*, Bristol, 1990〔1986〕に負っている。ictus（verse-beat）と word-accent の対位法的な相関を重視する著者の考えかたは議論のあるところにちがいないが、著者が指摘しているように、Allen, W. S., *Vox Latina*, Oxford, 1965 も再版の補注（Second ed., 1975, pp.126-127) において、ラテン詩の吟唱には、規則的ではあるが人為的な ictus よりも自然な語の stress をもってするほうが実際には普通であったと見て、両者の微妙な相関関係を認める見解に傾いている。この微妙さは ictus と word-accent の重なりと、重ならないで、交互に現れる場合とを、どう吟唱しわけるか（どう聞きわけるか）という実践的な課題であって、吟唱とはつまり演奏である。ウェルギリウスの言葉の音楽は直接に oral なものでは当然なく、あくまで書かれた詩 written poetry で、分析のほうは比較的やりやすいが、演奏するとなるとなかなかにむずかしい。

13）Hymn to Hermes (v.1-61), in *Greek Musical Writings*, vol. I, pp.42-43. 亀の甲羅を共鳴胴とする楽器がそなえている象徴的意味については、注 21) を参照。

14）Anderson, W. S., The Orpheus of Virgil and Ovid: flebile nescio quid, in

Warden, J., ed., *Orpheus. The Metamorphoses of a Myth*, Tronto UP., 1982, p.41.

15) furorの用例について。『詩選』（X.38. 60）では惑乱させる愛sollicitus amor（v.6）の意味で、人間に。注 26) 参照。『農耕歌』（III.266）では、女神ウェヌスが支配する力 Venus と盲目の愛 caecus amor（v.210）の意味で、牡馬に。ここでは、人間についての、容赦しない愛 durus amor（v.259）も同義。注 23) 参照。したがってここまでの furor は動物を駆り立てる本能の猛りであって、かぐわしくもやさしい妻 dulcis coniunx（v.465）のエウリュディケーにふさわしい言葉ではない。しかし、Dion, J., *Les passions dans l'œuvre de Virgile*, PU. de Nancy, 1993, pp.297-298 が指摘しているように、『農耕歌』に見える、燃え上がり焼きつくす火のイメージは、これは本文にあとで引用する『農耕歌』第 3 巻の詩行（v.242-244）にはっきり現れているが、オルペウスには適用されない。逆に、水と氷のイメージが物語の全体に広がっている。そこで、エウリュディケーのいう furor については『詩選』の sollicitus amor に対する、心理的に把握された内容を考えておきたい。両義的というのは心理の範囲のことで、生理にはかかわらない。なお、語り手の dementia についても、次の行で、確かに許されるべきだ、と共感の言葉でとらえかえされていることに注意したい。

16) とはいえ、エウリュディケーの語り speech が詩行の頭からはじまっていないのは、「（かの女が）問うには」という一語の動詞によって中断されることとあいまって、語りの主の心の激しく乱れる起伏を表現している。同時に、語りの結末が詩行の行末に一致しているのは激情の鎮静の、ひいては諦念の表現である。ウェルギリウスがかような新しい手法を叙事詩『アエネーイス』で駆使していることについては、泉井久之助『印欧語における数の現象』大修館書店、1978 年、140-148 ページを参照。

17) 次のテキストはともに、一文とする。Saint-Denis, E. de, *Virgile, Géorgiques*, Les Belles Lettres, 1974〔1956〕, p.79. Fairclough, H. R., *Virgil*, vol. I, LCL. 63, 1978〔1935〕, p.232.

18) Graf, *Op. cit.*, p.81. Pseudo-Eratosthenesのテキストは、Kern, *Op. cit.*, p.33(Smyth, H. W., *Aeschylus*, vol. II, LCL. 146, 1963〔1926〕, p.90)。バッカスの信女の祭

儀的オルギーについて広い視野からまとめた研究として、Dodds, Maenadism, in *Op. cit.*, pp.270-282.

19) オルペウスの図像の集成は、*Lexicon iconographicum mythologiae classicae*, Artemis, 1994, vol. VII/1, pp.81-105, VII/2, pp.57-77.

20) Fustel de Coulange, *La Cité Antique*, Hachette, 1883〔1864〕, p.9.

21) 一つの伝承によれば（注8）参照）、オルペウスの首は神託に従って埋葬されることになるが、「長い探索のすえ、一人の漁師がメレース川〔イオーニアのスミュルナ近く〕の河口で見つけると、首は腐ってもいず、ずっと歌をうたっていた」という。引用は、Klingner, F., *Virgils Georgica*, Artemis, 1963, pp.230-231 による。ここに明らかな、音楽のそなえる魔術的な力、死を乗りこえる力は、ヘルメースが亀を殺して作った亀甲楽器（リュラー）にもともとそなわっていた力のようである。古代ギリシアの犠牲の儀礼と神話についてのブルケルトの書『殺すヒト』には、次のような文がある。「何につけ新規の創作は、音楽の誕生さえも、儀礼的な殺害を必要とする。笛〔アウロス〕に骨を、リュラーに亀甲を、鼓〔テュンパノン〕に牛の皮を使用することには、音楽の圧倒的な力は死の変容と克服に由来するという観念が裏にある。」（Burkert, W., *Homo necans*, California UP., 1983, p.39.）ところで、ブルクハルトは『ギリシア文化史』（*Griechische Kulturgeschichte*, GW. VI, S.359）で、『ヘルメース讃歌』の亀を殺す場面の台詞をすこし手直しして、「お前は生きているうちは、歩くのにも苦労しているが、死ねば、とても上手に歌うだろう」と引用し、続いて、シラーの詩句を写している。「歌において不滅に生きるべき者は、人生にあっては没落しなければならぬ。」（Die Götter Griechenlands. 127-128）そのような理念が、「神々が人に破滅をもたらすのは、それが後の世に歌い継がれんがためである」という、ナウシカーの父のアルキノオスの名高い言葉（*Odysseia*. VIII. 578）に由来することは言うまでもない。ボルヘスの「ダンテ論」に、アルキノオスのこの言葉に並べて、マラルメの言葉、Le monde est fait pour aboutir à un beau livre.（世界は一冊の美しい書物に達するために作られている）が引いてあるのが思い出されるが（*Conférences*, Gallimard, 1985, p.16）、マラルメの言葉を世界の破滅という文脈の

中に置いてみれば、恐るべき発言であることがわかる。ともあれ、オルペウスの非業の死は、その伝承がギリシアに遡るとするなら、悲惨 oizys を根源感情とする、ギリシア人の宗教的態度が深い共感をもって受け容れることであったにちがいない。

22) オルペウスの冥府下りの業をまとめて、492 行が、(すべての)労苦 labor はむなしく、と労働という語をもちいているのは、amor を獲得するための labor には本来的に稔りがないという読みを示唆するもので、両者はやはり対立している。アリスタイオスの epyllion の『農耕歌』における位置を、筆者とほぼ同様の視点から解明した研究に、Conte, G. B., *The Rhetoric of Imitation*, Cornell UP., 1986, pp.130-140 がある。アリスタイオスとオルペウスの対立 (labor/amor、敬神／自己への惑溺、農夫／詩人、vita activa/vita contemplativa, didactic poetry/love poetry) を二つの生きかたの対立と見、テキストの機能からいえば、オルペウスの物語は両者の対立を完全にすることであって、ウェルギリウスは詩人として、アリスタイオスが選んだ生きかたのうえに教訓詩という詩の一つのジャンルの意味を打ち立てているとする。この結論は他に優れたもので、非常に興味深い。しかし、詩作は本来労働でもあることを指摘しておきたい。『詩選』第十歌、「(ガッルスの amor をうたう) この最後の労働を、アレトゥーサよ、わたしに許してくれ」(v.1)。また、航海としての詩作の比喩を参照 (*G.*II.41-44)。オルペウスに示す語り手の共感からすれば、オルペウスの詩作の労働については、love poetry が didactic poetry の枠を越えて、ともに poetry という一つの労働に解けあって、全体としての意味を獲得するにいたるという読みもまた考えうるであろう。

23) Brown は「ウェヌス讃歌」の Venus の内容、こちらでは、豊穣と快楽の神話的表象が生産的自然、自然の法則としての atomus (原子) の理論、さらにはエピクロス哲学の ataraxia (寂静) へと積極的に展開してゆく内容に対して、第 4 巻では Venus が、とくに人間の Venus を論じる際に否定的な色合を帯びてくるという見かけの矛盾の統一した理解を、後者を amor ととらえ、両者が対立的であるところに見出している。つまり、ルクレーティウスにとって、amor (love)

はVenus（sex）の自然性からの逸脱であり、人間に苦悩と堕落をもたらすものであった。Brown, R. D., *Lucretius on Love and Sex*, Brill, 1987, pp.91-99. ウェルギリウスが、愛はすべてに同じもの amor omnibus idem とするのは、「ウェヌス讃歌」に見える、（ウェヌスは）すべてのものの胸に甘くやさしい愛を打ちこみ omnibus incutiens blandum per pectora amorem,（v.19）をうけたもので、Venus についての考えかたは同じだから、ルクレーティウスの愛の害悪 in amore mala（*De Rerum Natura*, IV. 1141）という思想をも共有していたにちがいない。『農耕歌』第3巻はうえの詩句に続けて、amor が春の季節に動物たちに振るう凶暴な力を獅子、熊、虎、馬、猪とうたってゆくが、突然、「あの若者はどうか、容赦しない愛 durus amor が骨の髄で烈しい火をめらめら上げている、あの若者は」（v.258-259）、と夜のヘレースポントス海峡に溺死したレアンドロスと悲しみのゆえに海に身を投げたヘーローの物語を人間の例として持ち出して、六行をついやしたあと、あたかも当然のように、山猫、狼、犬、鹿、そして、furor にもっとも烈しく駆り立てられる牝馬へと移ってゆくのを読むと、ウェルギリウスが人間の amor から何ものかをえぐりとって、Venus に等しなみに投げこんでいると思わざるをえない。この amor durus の伏線がオルペウスの amor aeger へとまっすぐに結ばれていることはむろんである。注15）参照。ルクレーティウスのテキストは、Smith, M. Revised ed., LCL. 181, 1992〔1975〕．

24) Hooper, W. D., *Cato & Varro, On Agriculture*, LCL. 283, 1993〔1934〕, pp.500-501. この節は『農耕歌』第4巻の前半部がうたっているミツバチの共同体をすでに、人間たちの国家のごとくに ut hominum civitates 描いている。

25) 『アエネーイス』第3巻に見える、次の2行を参照（v. 408-409）。

汝は祭り事の習いを守れ、して
汝の子孫もかく神々を敬いて身の清浄を保たんことを

26) 四世紀の文法家 Servius の伝えるところでは、『農耕歌』第4巻の後半部は、作者による大幅な差し替えがおこなわれた。その文を訳すと、まず『詩選』10. 1

について、「(コルネーリウス・ガッルスとウェルギリウスはとても親しく)『農耕歌』の第4巻は中ほどから末尾までこの人の讃歌を含んでいたほどであったが、かれはその後アウグストゥスの命によってアリスタイオスの物語にとりかえた。」つぎに、『農耕歌』4.1 について「さきに述べたように、本書の最後の部分が改められたことは当然認められるべきである。なぜなら、ガッルスの讃歌があった箇所は、いまオルペウスの物語を含んでおり、これは、ガッルスがアウグストゥスの怒りにふれて殺されたあとに挿入された」(テキストは Horsfall, N., *A Companion to the Study of Virgil*, Brill, 1995, p.86 に拠る)。ガッルスは軍人で、アレクサンドリア攻略のあとエジプト初代総督の地位にのぼったが、政治的理由によって追放処分をうけ、前27年か26年に、殺されたのではなく、自殺した。エレゲイアの詩人として名が高かったが、作品はいまは散佚した。『詩選』第六歌はこの人をムーサたちに引き合わせ、第十歌はこの人の惑乱させる愛 sollicitus amor (v.6) を主題とする。アウグストゥスが変更を命じたというのは果して事実か、どうか、事実と認めるとすれば、讃歌はどういう長さで、どういう内容であったか、アリスタイオスの物語とのつながりはどうか。決着がもとよりつきにくい、このような問題についての多年の議論の概略は Wilkinson, *Op. cit.*, pp.108-113. pp.325-326 と Horsfall, *Op. cit.*, pp.86-89。大勢は否定に傾いているようだが、ウェルギリウスがこのような政治的 milieu (場) に生きていたことは言うまでもないことで、それは、作品もまたこの milieu において生まれ、ここに存在したことを示している。『農耕歌』がカエサル、のちのアウグストゥスに祈りを捧げているのは、一例にすぎない (I. 24-42)。文学の社会的機能が異なっていたことは確かだが、詩人が戦略的基盤にただちに立つとは考えられないから、どういう道筋をたどって、ここへもう一度もどってきたのかという問題をウェルギリウスについて考えるのは、重要な課題であろう。『農耕歌』はあくまで自作農民に向けて語りかけるという理念的形式をとっていて、たとえば、Wilkinson, *Op. cit.*, p.53 が指摘するように、大土地所有制を支えている奴隷の存在にふれていないことも、政治的現実との交渉について興味深い示唆をあたえている。

27) ハリソンのいまや古典的な文章を引けば、「これはギリシアの神話の公理と受けとって差しつかえないが、情熱的な恋人たちはいつも遅れて来る。エウリュディケーの物語は興趣にとむとはいえ、ラブ・ストーリーではない。」Harrison, J., *Prolegomena to the Study of Greek Religion*, Merlin Press, 1962〔1903〕, p.603. 文学史的には、romantic love の萌芽はヘレニズム時代、前三世紀のアポローニオスの『アルゴナウティカ』のメーデイアの心理描写に認められる。この叙事詩が『アエネーイス』（のディードー）にあたえた影響については、すでにローマ時代から指摘されてきた。*Cf.* Farron, S., *Virgil's Aeneid: A Poem of Grief & Love,* Brill, 1993, pp.61-62. オルペウスのミュートスは両者の橋渡しをしたことになる。

28) この点で、筆者の意見は、作者ウェルギリウスの意図と読み手の読みとの安全な中道をとろうとする Otis のそれ（*Op. cit.*, p.147）に異なる。もっとも、これは近年の神秘的解釈（数の対応等）の行き過ぎに対して言われている意見で、すぐあとに、『農耕歌』の 'true' character and meaning （強調、著者）を構成しているものを明かにすることができれば、詩人の意図が何であるかは重要な問題ではない、詩人の心の内を読むことは望めないから、と述べている。まさにしかり。とはいえ、作品の真の性格と意味は単数ではありえない。

29) 名も高きオルペウス（を）Onomaklyton Orphen は前六世紀中葉の詩人イービュコスの詩の断片で、これがギリシア文学史に残るもっとも古いオルペウスの姿である。Kern, *Op. cit.*, p.1 (Edmonds, J. M., *Lyra Graeca*, vol. III. LCL. 476, 1964〔1924〕, p.386).

30) たとえば、ヘンリソン（ca.1430-1500）のロマンス『オーフュースとユーリディスィ』*Orpheus and Eurydice*、モンテヴェルディのオペラ『オルフェオ』*L'Orfeo-Favola in Musica*（1607 初演）、ドラクロワのブルボン宮図書室天井画『ギリシア人に平安な暮らしのすべを示しに来るオルフェ』*Orphée vient enseigner aux Grecs les Arts de la Paix*（1847）、リルケの『オルフォイスに捧げるソネット』*Die Sonette an Orpheus*（1923）、マルセル・カミュの映画『黒いオルフェウ』*Orfeu negro*（1959）のごとく、オルペウス・スィクルに属する一々の作品は文字通り数えきれない。

このようなスィクルの源泉はウェルギリウスに発しているが、各時代のオルペウスがそこから直ちに生まれるわけでは当然ない。うえの作品について一瞥するなら、まず、ヘンリソンのイロニックな教訓詩を付したロマンスがボエティウスの『哲学の慰め』III 巻 XII に見える、素材をオルペウスの物語にとった教訓詩の反響の一つであることは明らかで、これは、 *De Consolatione Philosophiae* が中世を通じて格別の名声をかちえていたことによる。中世は古代の継承ではあっても、古代ではない。古典古代を継承したボエティウスにしてもすでにキリスト教徒であったし、もともと、オルペウスにまつわる宗教的伝承は、二世紀のギリシア人キリスト教徒アレクサンドリアのクレメンスの護教論に見られるように、初期キリスト教神学に容易に取りこみうる側面をそなえていた。これはギリシアでオルペオテレステース（オルペウスの徒）と呼ばれた、密儀宗教結社の成員である人々の信仰の内実と形式にかかわるのみではない。その音楽が樹木をも岩石をも揺り動かしたという伶人のありかたが旧約のダビデなり、善き牧者なりの形姿にあるいは素直に、あるいは護教の戦略として重ねられたということもあった。この重ねあわせの線上に、中世文学のアレゴリーが神話解釈をとりこんでおいおい繁茂してゆくが、他方では、ロマンチック・ラブが世俗的な文脈で登場するとともに、オルペウスの形姿の一面がひときわ明るい光に照らされることにもなって、やがてルネサンスを迎える。ルネサンスは、さきの文章のつてからすると逆になるが、むしろ中世であって、古代の再生ではない。少なくともヨーロッパ人ではない者の眼には、この連続性がルネサンスの際立った特徴のように映じてくる。イタリア・ルネサンスの人文主義がオルペウスを主人公とする一連の音楽劇の試みをへて、ついにモンテヴェルディのオペラを生んだのはなるほど確かなことであろうが、そこでは、地獄下りの悲劇的結末は巧妙に回避され、オルペウスはアポローンに導かれて昇天する。祝祭に理屈をもちこむつもりはないけれども、この回避は、キリスト教の枠が人文主義を微妙に取り囲んでいたことを示している。グルックのオペラ（1762 初演）でも、愛の神が「愛の栄光のために」苦しんだオルフェオを嘉して、エウリディーチェを蘇らせ、愛神の神殿でのにぎやかな合唱と踊りで幕となる。時代はすでに悲劇を不用とし、ひたすら現世の幸福をもと

めるに至っている。さらに時代をくだり、啓蒙思想の洗礼をうけて、政治革命と産業革命を経験し、もっぱら進歩を追求する市民社会にあって、ドラクロワの天井画は文化英雄としてのオルペウスを群像の中心に描いている。この形姿はプラトンの『法律』(677D) に発して、ホラティウスが『詩論』(v.391-393) に定式化したものだが、『農耕歌』にはまったく現れていない。そして、オルペウスが教示した平安、平和な暮らしの技術は、啓蒙の世紀が案出した言葉でいえば、文明 civilisation の内実であると考えられていたが、それは権力の座についたブルジョワジーの願望にすぎない。十九世紀は、社会不安の構造的増大がヨーロッパ文明という生の独自な形式をいやましに崩壊させ、第一次大戦まで、動乱と戦争をつぎつぎに引き起こしてゆく過程であった。そして、本文にふれたように、恐るべき地獄が地上に出現しつつあった時代に、リルケのソネット群が創造された。オルペウスの名は、そこでは、原型的詩人の比喩として用いられているにすぎないと言うのが正しいかもしれないが、第1部26番のソネットのオルペウスの殺害を歌う詩句を例にとれば、それはオウィディウスの『変身の賦』(XI.1-66) の描写をなぞったもので、行間に耳をすますと、ウェルギリウスのこだまを聞きとることができる。とはいえ、死と存在に向きあった詩人の、意識の暗部の本質論的追求—地獄下りのこの近代的な位相—を眼のあたりにしながら、典拠を云々することがいったい何であろうか。これに比すれば、カミュの映画はさすがに大衆的であって、第二次大戦後という制作年にもかかわらず、いささか牧歌的に見える。この牧歌性は、いかにも、人間の生活のしたたかさではあろう。映画の筋は全体として、たとえば、1855年にアメリカで出たブルフィンチの『ギリシア・ローマ神話』(岩波文庫) に見えるような、『農耕歌』と『変身の賦』のオルペウスの物語、本来水と油のごとくに異質である二つの物語を混ぜ合わせた市民社会向きの通俗ギリシア神話のラブ・ストーリーを追っているが、リアリズムを基本として、舞台をリオのカーニバルにもとめた以上、物語の仕組がもともとそなえている、リアリズムに対する制約をのりこえる方途を発見しなければならなかった。そして、それは成功している。一例をあげれば、リルケがさきのソネットで歌った、殺害されたオルペウスの首と竪琴、死してなお歌う首と弾く指

なくして鳴る堅琴が、黒いオルフェゥの魔術的音楽の遺産を相続する一人の少年の魅惑的な像へと形象化されているように。

さて、管見に入った文献をあげて終りとしたい。まず古代のオルペウスの像に関しては、注4)、6)、7) にあげた文献のほか、オルペウス教について、K. ケレーニ「オルペウス教の宇宙生成説」『海』1971年1月号、所収。Detienne, M., *L'écriture d'Orphée*, Gallimard, 1989. Brisson, L., *Orphée et l'Orphisme dans l'Antiquité gréco-romaine*, Variorum, 1995. 文学、造形美術については、Henry, E., *Orpheus with his lute-Poetry and the Renewal of Life*, Bristol Classical Press, 1992. Segal, Ch., *Orpheus-The Myth of the Poet*, Johns Hopkins UP., 1993. 古代末期から中世の像については、Friedman. J. B., *Orpheus in the Middle Ages*, Harvard UP., 1970. クレメンスの著述は、Clement of Alexandria, *The Exhortation to the Greeks*, LCL. 92, 1982〔1919〕. ボエティウスについては、Gibson, M. ed., *Boethius-His Life, Thought and Influence*, Blackwell, 1981. そのオルペウス詩篇については、O'Daly, G., *The Poetry of Boethius*, The University of North Carolina Press, 1991. その中世における受容については、Minnis, A. J., ed., *The Medieval Boethius*, Brewer, 1987. ヘンリソンの romance は、Robert Henryson, T*he Poems*, Oxford, 1987 に収録。中世のウェルギリウスの受容については、Comparretti, D., *Vergil in the Middle Ages*, G. Allen, 1966. 中世とルネッサンスの音楽におけるオルペウスの像については、Newby, E. A., *A Portrait of the Artist-The Legends of Orpheus and Their Use in Medieval and Renaissance Aesthetics*, Garland Pub. INC, 1987. ルネサンス美術については Scavizzi, G., The Myth of Orpheus in Italian Renaissance Art 1400-1600, in Warden, J., *Op. cit.*, pp.111-162. この書には文学、音楽についても論考あり。16世紀フランス文学について、Joukovski, F., *Orphée et ses disciples dans la poésie française et néo-latine du XVIe siècle*, Droz, 1970. オペラの歴史に現れた像については、Mellers, W., The masks of Orpheus, Manchester UP., 1987. 十九世紀、二十世紀のオルペウス像の全般については、Kosinski, D. M., *Orpheus in Nineteenth-Century Symbolism*, UMI Research Press, 1989. Bernstock, J. E., *Under the Spell of Orpheus-The Persistences of a Myth in Twentieth-Century Art*, Southern Illinois UP., 1991. 文学

については、オルペウスおよびオルフィスムとロマンティスムの関連を扱ったものとして、Riffaterre, H. B., *L'Orphisme dans la poésie romantique*, Nizet, 1970. Juden, B., *Traditions orphiques et Tendances mystiques dans le Romantisme français* (1800-1855), Slatkine, 1984〔1971〕. エゾテリスムとサンボリスムの関連については、Mercier, A., *Les Sources Esotériques et Occultes de la Poésie Symboliste* (1870-1914), 2 vols, Nizet, 1969-1974. 十九世紀末のエゾテリックなオルペウス像の典型として、Schuré, E., Orphée, in *Les grands initiés*, Perrin, 1889. また、文学的テーマとしてのオルペウスの像を探究したものとして、Strauss, W. A., *Descent and Return-The Orphic Theme in Modern Literature*, Harvard UP., 1971. さらに、McGahey, R., *The Orphic Moment-Schaman to Poet-Thinker in Plato, Nietzsche and Mallarmé*, State UV. of New York Press, 1994. マラルメのオルフィスムについては、不十分な指摘ながら、拙稿「島のありか―*Prose*（pour des Esseintes）研究」、『人文論叢』42号、京都女子大学人文学会、1994年を参照されたい。

Georgica. IV. 453-527.

'Non te nullius exercent numinis irae;   453
magna luis commissa: tibi has miserabilis Orpheus
haudquaquam ob meritum poenas, ni fata resistant,
suscitat, et rapta grauiter pro coniuge saeuit.
illa quidem, dum te fugeret per flumina praeceps,
immanem ante pedes hydrum moritura puella
seruantem ripas alta non uidit in herba.
at chorus aequalis Dryadum clamore supremos   460
impleuit montis; flerunt Rhodopeiae arces
altaque Pangaea et Rhesi Mauortia tellus
atque Getae atque Hebrus et Actias Orithyia.
ipse caua solans aegrum testudine amorem
te, dulcis coniunx, te solo in litore secum,   465
te ueniente die, te decedente canebat.
Taenarias etiam fauces, alta ostia Ditis,
et caligantem nigra formidine lucum
ingressus, Manisque adiit regemque tremendum
nesciaque humanis precibus mansuescere corda.   470
at cantu commotae Erebi de sedibus imis
umbrae ibant tenues simulacraque luce carentum,

quam multa in foliis auium se milia condunt,
Vesper ubi aut hibernus agit de montibus imber,
matres atque uiri defunctaque corpora uita 475
magnanimum heroum, pueri innuptaeque puellae,
impositique rogis iuuenes ante ora parentum,
quos circum limus niger et deformis harundo
Cocyti tardaque palus inamabilis unda
alligat et nouies Styx interfusa coercet. 480
quin ipsae stupuere domus atque intima Leti
Tartara caeruleosque implexae crinibus anguis
Eumenides, tenuitque inhians tria Cerberus ora,
atque Ixionii uento rota constitit orbis.
iamque pedem referens casus euaserat omnis, 485
redditaque Eurydice superas ueniebat ad auras
pone sequens (namque hanc dederat Proserpina legem),
cum subita incautum dementia cepit amantem,
ignoscenda quidem, scirent si ignoscere Manes:
restitit, Eurydicenque suam iam luce sub ipsa 490
immemor heu! uictusque animi respexit. ibi omnis
effusus labor atque immitis rupta tyranni
foedera, terque fragor stagnis auditus Auernis.
illa 'quis et me' inquit 'miseram et te perdidit, Orpheu,
quis tantus furor? en iterum crudelia retro 495

fata uocant, conditque natantia lumina somnus.
iamque uale: feror ingenti circumdata nocte
inualidasque tibi tendens, heu non tua, palmas.'
dixit et ex oculis subito, ceu fumus in auras
commixtus tenuis, fugit diuersa, neque illum 500
prensantem nequiquam umbras et multa uolentem
dicere praeterea uidit; nec portitor Orci
amplius obiectam passus transire paludem.
quid faceret? quo se rapta bis coniuge ferret?
quo fletu Manis, quae numina uoce moueret? 505
illa quidem Stygia nabat iam frigida cumba.
septem illum totos perhibent ex ordine mensis
rupe sub aëria deserti ad Strymonis undam
flesse sibi, et gelidis haec euoluisse sub antris
mulcentem tigris et agentem carmine quercus: 510
qualis populea maerens philomela sub umbra
amissos queritur fetus, quos durus arator
obseruans nido implumis detraxit; at illa
flet noctem, ramoque sedens miserabile carmen
integrat, et maestis late loca questibus implet. 515
nulla Venus, non ulli animum flexere hymenaei:
solus Hyperboreas glacies Tanaimque niualem
aruaque Riphaeis numquam uiduata pruinis

lustrabat, raptam Eurydicen atque inrita Ditis
dona querens. spretae Ciconum quo munere matres   520
inter sacra deum nocturnique orgia Bacchi
discerptum latos iuuenem sparsere per agros.
tum quoque marmorea caput a cervice reuulsum
gurgite cum medio portans Oeagrius Hebrus
uolueret, Eurydicen uox ipsa et frigida lingua,
a miseram Eurydicen! anima fugiente uocabat:
Eurydicen toto referebant flumine ripae.'   527

『農耕歌』第4巻 453-527行

いや違う、おまえを追い立てているのは　どんな神の怒りでもない、　453
おまえは償っているのだ　大きい罪を、おまえに　憐れむべきオル
　ペウスが
いまだ当然とはいえぬ報いを、もし運命が妨げないなら、
あおりたて、奪われた妻のために苦しげに怒っている。
あの女は　そうだ、おまえを逃れようとして　向こう見ずにも流れ
　にそって、
足先に恐るべき水蛇が　やがて死すべき娘は
両岸にひそむのに眼をとめなかった　草むらの中で。
だが　同い年のドリュアスたちの群れは叫び声で　山のもっとも　　460
高みを満たした、ロドペーの頂は泣いた
高きパンガエア山も　レーソス王の尚武の土地も
またゲタエの民も　ヘブロスの流れも　アテーナイのオーレイテュ
　イアも。
かれはというと　リュラーで痛ましい愛をなだめつつ
君を、かぐわしき妻よ、君をさみしい浜辺で一人、　　　　　　　465
君を　日がのぼると、君を　日が落ちると　歌うのであった。
さらに　タイナロンの狭い洞に、ディースの深い入口に、
恐怖が黒々と立ちこめる森に
踏みいり、そして死霊にあえて近づいた　そして恐ろしき王に

人の願いに心を和らげることを知らぬ者にも。　　　　　　　　470
ところが　歌に動かされ　エレボスの奥深い住居から
影なき霊が　やって来つつあった　そして光をなしですます者たち
　の幻が、
群れをなして　まるで葉むらに何千の鳥たちが身をひそめるごとく、
宵の明星に　また冬の雨に　山から追い立てられて、
母たちが　そして夫たちが　寿命をおえた亡骸が　　　　　　　475
雅量ある英雄たちの、少年たちが　嫁がなかった少女たちが、
薪に　両親の眼の前で　横たえられた若者たちが、
かれらを　まわりから　黒い泥と形をなさぬ葦が
コーキュートスの　波の淀む厭うべき沼地が
つなぎとめ　九度巻いて流れるステュクスが取り囲んでいる。　　480
それのみか　死の神の宮居さえ　驚き打たれた　奥底の
タルタロスも　青黒い蛇を髪に編みこんだ
エウメニスたちも、ケルベロスは三つの口をあけたまま、
イクシーオーンをまわす刑車も　風がやんで　とまった。
いまや踵を返しつつ　かれはすべての危難を逃れおわって、　　　485
戻されたエウリュディケーも　地の大気に近づきつつあった
後に従いながら（プローセルピナがこの条件を与えていたから）、
そのとき　突然　乱心が捕らえた　性急な恋する男を、
確かに許されるべきだ、マーネースがもしも許すことを知っている
　なら、
かれは立ちどまって、自分のエウリュディケーを　すでにかの光の

70

もとに　　　　　　　　　　　　　　　　　　　　　　　490
忘れはて　おお！　思いに打ち負かされて見返った。たちまち　す
　　べての
労苦はむなしく　まさに破られて　非情の暴君との
約束が、　三度　雷鳴がアウェルヌスの湖水に聞かれた。
女が「何が　哀れなわたしと」と問うには「あなたとを破滅させた
　　のでしょうか、オルペウスよ、
どんな大きい激情が？　ほら　ふたたび後ろに　残酷な　　　495
運命の女神たちが呼んでいて、泳ぐ眼を眠りが閉じこめる。
いまはもうお別れ、わたしは運ばれてゆく　広漠の夜に包まれて
あなたに差しのべながら、力のない　ああ　もうあなたのものでは
　　なくなって、両手を。」
言いおわるや　男の眼からたちまち、煙が空気に
薄くまざったように、向こうに消えて、もう　かれを　　　　500
亡霊たちをむだにつかもうとし　多くのことを
さらに語りかけようとするかれを　見ることはなかった、オルクス
　　の渡し守は
このうえ　前を隔てる沼を渡るのを許さなかった。
どうすべきだったか？　どこへ　妻を二度奪われて　足を運ぶべき
　　だったか？
どんな嘆きでマーネースを、どんな声で神々を動かせばよかった
　　か？　　　　　　　　　　　　　　　　　　　　　　　505
かの人は川をまさに渡りつつあった　もう冷たくなって　ステュク

スの小舟で。
かれは　聞くところでは　七ヵ月のあいだずっと
空にそびえる崖の下で　人気のないストリュモンの川波近く
みずからを嘆いて泣き、また歌をほとばしらせた　凍った星空のも
　　とで
調べで　虎をもなだめ　楢の木をも引きつけて、　　　　　　510
さながら　ピロメーラーがポプラの葉陰で　悲しみのあまり
失われた子らを嘆いて鳴いているよう、無情な農夫が
まだ羽毛もそろわぬのを見つけて持ち去ってしまったから、かの女
　　はなおも
夜通し鳴きつづけ、枝にとまっては悲嘆の歌を
またはじめて、悲しい声であたりを遠く満たしている。　　　　515
どんな愛欲も、どんな婚姻もかれの心を変えることはなかった。
一人　ヒュペルボレオイの氷原を　また雪のタナイスを
またリパエイーの霜の消えることなき野を
さまよっていた、奪われたエウリュディケーを　成就しなかったデ
　　ィースの
贈り物を嘆きながら。キコネースびとの母たちはかれの献身に侮蔑
　　されて　　　　　　　　　　　　　　　　　　　　　　　　520
神々の祭式と夜のバッコスの供犠のさなかに
若者を切り裂き　広い土地にばらまいた。
折りしも　大理石のごとくに白い頸から引き抜かれた頭を
渦巻きで川中に運びつつ　オイアグロスのヘブロスが

ころがしていると、エウリュディケーと 声がみずから そして冷
　たい舌が、
ああ 哀れなエウリュディケー！と消えかかる息で 呼ぶのであった、
エウリュディケーと ずっと こだまを返しはじめた 川沿いに
　　両岸が。　　　　　　　　　　　　　　　　　　　　527

あとがき

　本書は先年発表した注釈を、ところどころ手を加え、注も一つ書きたして、一本としたものである。
　今年は学窓を出て、ちょうど三十年になる。この間、いつも念頭にあったのはマラルメ詩の注釈だが、がんらい行きあたりばったりの質で、博物学に踏みこんだり、言語学に取りついたりと、気ままに道草をくってきた。道草といえば、野鳥を追いかけて、国境をいつしか北に越え、サハリン、シベリア、カナダ、アラスカに出かけたりもした。ブルクハルトの一葉の写真のゆえに、バーゼルのミュンスターを訪れたこともあった。丈岬に心惹かれて、龍ヶ岡に掃苔をしたこともある。オスロの古書肆を探し歩いて、ナンセンの著書をもとめたこともあった。伊波普猷の墓と碑を港に着いたその足で浦添ようどれの上り口にたずねたこともあった。思いおこせば、切りがない。万巻の書を読み、万里の道を行き、胸中より塵濁を脱去せば、云々という古人の言葉を胸に刻んでと書けば、もっともらしいが、読書を、ともかく楽しんで、続けてきた。その乏しい成果が学問と言えるところに達しているか、どうか。当然ながら、自らよく判断しうるものではない。しかし、少なくとも、学問とはこういうものだという、苦しい感覚が内部に育ってきたことは事実である。いよいよ年貢のなにやらということになったが、その前になお、マラルメの言語についての考え方を究めておく必要がある。それにしても、知識と経験の世界はどこまでも曠く、また深い。これまでということがない。人生夢の如し。果して、実在するものは何で

あろうか。いささか年歯を加えたとはいえ、しかし、感慨をもよおす柄でもない。本書を上梓する所以である。
　出版にあたっては、三想社の加藤恭三氏の好意ある配慮にあずかった。ここに、お礼を申し上げる。

2002年孟秋

　　　　　　　　　　　　　　　　　　　　　　　　　髙梱達明

新版あとがき

　新版の上梓については、旧版におなじく、加藤恭三氏の大きい好意と尽力があったことをはじめに記して、感謝の微意を呈する。

　このたび、校訂を全般にほどこし、本文に添削を加え、注を二三ふやすなど、不備をおぎなった。また、表題に注釈の文字を付したので、この版をもって定本としたい。

　本書の初稿にあたる注釈を発表したのは、1999年の春だから、もう一昔も前になる。この間、私の身辺には、さまざまな事象が去来した。定年まで一年をあまして職を退いたことは、その一つ。その折、「モナ・リザの鳶色の眼」と題する文をものして、文明としてのヨーロッパについて、年来考えてきたことをひとまずまとめた。まず、レオナルドの化石と地球の変動の理論を取りあげ、次に、『モナ・リザ』の背景、この地質学的変動の風景、に描きこまれた石造アーチ橋について、ウィトルーウィウスの『建築書』とアルベルティの『建築論』を論拠に、その橋が廃墟であること、廃墟は文明の痕跡という象徴的意味を担っていることを説いた。私はユマニスム（人文主義）の基底を人間の精神の批判的機能と捕らえ、文明という事態をユマニスムの視点から描くことを目指していたが、橋の分析に手間どり、意を尽くすに至らなかった。そこで、異例のあとがきになるが、もう一度、素材と手法を変えて書くことにする。ヨーロッパの人たちがいうところのエッセイを築きたいものだが、やはり徒然をなぐさめるだけに終わるかもしれない。

先の文にふれたように、レオナルドが死を迎えたのは、フランス中部の古都トゥールを東に去ること五里、ロワール川の左岸の町アンボワーズの瀟洒な屋敷においてであった。トゥーレーヌ（トゥール地方）の風光に接するには、トゥールの聖ガシアン大聖堂の塔にのぼるにしくはない。一望千里。北は眼下70メートルのところに、ロワールの幅広い流れと木々の茂る中州が横たわり、南はいくつもの支流の段丘をこえて、平坦な丘陵が緑に黄にどこまでもうねるように連なり、四方八方、すべては大気に青くとけこんでゆく。この広袤をつらぬいて、ほぼ東西に流れる大河 Loire。その名はカエサルの『ガッリア戦記』（VII.5）に Liger と見えている。Loire という語は、Liger の対格 Ligerim の俗ラテン語の形 Legerim が、古フランス語の成立の過程で、Leg'rem ＞ Leire ＞ Loire と規則的に変化したものである。フランス・ルネサンスの詩人ジョアシャン・デュ・ベレーはロワールのさらに下流の左岸の小邑リレに生まれた人で、『フランス語の擁護と顕揚』（1549）に、「ろわーる流レリ Loyre fluit. のごとく、ラテン語の作中に、人でも物でも、フランス語の固有名詞を使うのは滑稽ではなかろうか」（II.6）と述べて、逆に、俗語（フランス語）の名の使用をすすめている。当時の人々はまだ Liger ＞ Loire という変化の筋道を知る由もなかった。とはいえ、ユマニストのデュ・ベレーはプロヴァンス語、イタリア語、フランス語の共通の起源がラテン語（俗ラテン語）であることを、それがダンテの『俗語詩論』（I.9）にすでに指摘されている以上、はっきり知っていたにちがいない。『神曲』には、ロワールの名は Leire に由来する Era の形で出ている（*Par.* VI.59）

　ところで、Liger はもとからのラテン語ではなく、ケルト語でもない。

ケルト人が紀元前五世紀のころ西ヨーロッパに進出するより前に今のフランスの地にいた先住民の言葉であろうといわれる。語源の意味はよくわかっていない。リグリア人 Ligures の言語であれば、印欧語。イベリア人 Iberes、アクィターニア人 Aquitani の言語であれば、印欧語ではない。ヨーロッパの各地に、ドルメン（巨石墓）、メンヒル、環状列石などの巨石文化を残した、航海にたけた、さらに古い民族の言語と関連があるかもしれない。

　トゥール Tours の町はローマ帝政期には、カエサルの要塞 Caesarodunum（-dunum *Celt.* 要塞）と呼ばれていたが、四世紀のころから、この地方に居住するケルト人の一部族 Turones に由来する名がもちいられるようになる。

　さて、西暦 397 年 11 月 9 日の夜、ロワールを漕ぎのぼってくる櫂の音と高らかな歌声がトゥールの町びとの眠りをさました。船には、トゥールの司教マルティヌスの遺骸が安置され、賛歌を合唱する信者と修道士たちに見守られている（トゥールのグレゴリウス『歴史十巻』I.48）。マルティヌスは前日の日曜日に、ロワールとヴィエンヌ川（はるか南のポワティエの町を縁取るクラン川の本流）の合流点の寒村で亡くなっていた。ここにいう賛歌 laus は、おそらく、マルティヌスの師であるポワティエの司教ヒラリウスが最初の作者となったラテン賛歌であった（家入敏光「ヒラリウスの生涯と賛歌の写本」『初期キリスト教ラテン詩史研究』1970 参照）。遺骸は 11 月 11 日、町はずれの墓地の一郭に埋葬される。小春日和の好天、いわゆる été de Saint Martin（聖マルタンの夏）、であった。やがて小さなお堂が作られる。それは五世紀の中葉に、使徒でも殉教者でもない、一

人の司祭に献じられた最初の、そしてカロリング朝に至るまでもっとも大きいといわれる教会建築に建て替えられた。聖マルティヌス教会堂 basilica sancti Martini である。奥行 53m、幅 20m、木組みの天井までの高さ 15m、建物全部では窓が 52、柱が 120、入口が祭室に 3、身廊に 5ヵ所という大規模なバシリカ方式の聖堂であった。聖遺物（遺骸）をおさめた石棺は 470 年 7 月 4 日新しい内陣に移され、以後、トゥールはローマに次ぐ巡礼地となり、繁栄する。しかし、このバシリカはたびたびの火災と 9 世紀のノルマン人の侵入によって瓦礫と化した。その後、ロマネスクの時代から再建と被災を繰り返すが、1562 年、宗教戦争のさなか、ユグノー（カルヴァン派新教徒）の略奪をうけて荒廃し、革命期の 1798 年に取り壊しが決定した。跡地には、T字形に交差する二本の街路が開かれ、遺構として、シャルルマーニュ塔とオルロージュ塔が残る。前者にはロマネスクのフレスコ画がある。現在の教会堂は 19 世紀末からの建造で、幸い、旧バシリカの内陣であった場所を取りこんで、クリプト（地下堂）とし、聖人の石棺を安置する。そこには、ユグノーに焼き払われた遺骸の残り、頭蓋骨の破片一個と腕の骨一本が納められているという。階上から見下ろしたのでは、照明が暗く、よくわからないが、石棺のうえに置かれた石板にラテン語の銘文が刻んである。墓の構築物には、フランス語の銘文、「聖マルタン、フランスの守護聖人よ、われらがために祈り給え。」

マルティヌスがフランスの守護聖人になるについては、政治的な理由がある。すなわちローマ帝国末期からの混乱を収拾して、ガッリアの地にメロヴィング朝を創立した、ゲルマン人の一部族フランクの王クロヴィスのマルティヌスへの帰依である。そして、それが歴代の王に引き継がれる。

クロヴィスはカトリックの洗礼を受けたあと（498）、西ゴート王国を破って、東ローマ皇帝から執政官に任じられ、「アウグストゥスの戴冠式」を聖マルティヌス教会堂で挙行した（507）。それが、クロヴィスの野望によりそった、トゥールの聖職者たちの意図であったことについては、ピエール・クルセルの名著『文学にあらわれたゲルマン大侵入』（邦訳1974）を見られたい。同時に、民間の布教という水準では、『歴史十巻』にあるように、マルティヌスが病人の治療にたずさわったこと（II.1）、生前にも死後にも、奇蹟を起す力をそなえていたこと（I.48, II.14）がマルティヌス崇拝に大きく影響する。奇蹟は、多くの場合、病気、それも死病の治癒であり、死の克服である。マルティヌスはポワティエで二人、トゥールで一人、死者を蘇生させたという。私は治癒神 Heilgott という言葉を山形孝夫の『レバノンの白い山』（1976）に教わったが、そこでは、ナザレのイエスが治癒神であること、イエスに治癒神の刻印をあたえたのは、古代地中海の病気なおしの神々とギリシアのエピダウロスの医神アスクレーピオスであることが興味深く説かれていた。マルティヌスもまた治癒神であり、福音書の治癒物語を現実のことがらとする力を示すことによって、布教を成功にみちびいた。その「力」には、これも山形孝夫にしたがって、ギリシア語のデュナミス dynamis（*Cf. Eng.* dynamic）をあてるのがふさわしい。事物に潜在する力から意味を拡張して、薬効と薬剤を、また神的な力の顕現としての奇蹟をあらわす言葉だから。トゥールのグレゴリウスは奇蹟に力 virtus（＜ vir 男　*Cf. Eng.* virtue）をあてている。グレゴリウスの用例の分析が、竹内正三『暗黒時代の精神史』（1969）にある。

　エミール・マールの晩年の著述、『ガッリアにおける異教の終末』

(1950) はこの著者に固有の明るい文章で、キリスト教の布教の歴史を教会建築（バシリカ、洗礼堂）、装飾、聖遺物、石棺、象牙細工などの遺物であとづけた、なお森深いガッリアに心ひかれる者にはことにおもしろい書物であり（第三章に、聖マルティヌス教会堂の建築のくわしい分析あり）、聖ガシアン（トゥール）、聖ドニ（パリ）を含む七人の司教の主要な七つの町への派遣にはじまる、ローマ教会のガッリア布教の開始を236年から250年のあいだとしている。それはトゥールのグレゴリウスによったもので、今日では、少なくともロワールの下流の町（ナント、アンジェ、トゥール）については、半世紀は遅いと考えられている。ちなみに、ローマ皇帝コンスタンティーヌスがキリスト教の信仰を自由とする寛容令を出したのは313年のことである。布教の具体的な目標は、マールの第二章の「教会が聖所に取って代わる」という題に示されているように、キリスト教の聖堂をまさにケルト人のあがめる聖所に建て、異教ドルイドの信仰をキリスト教のそれに置き換えるというところにあった。聖なる場所は、ドルイドの民と祭司にとって山、岩、樹木、泉などの自然物であり、また巨石建造物も崇拝の対象になっている。ガロ・ロマン時代の初期からローマの支配が浸透してゆくと、その聖所にローマ風の神殿が建てられることもあったという。キリスト教が固有信仰にかぶさった名高い例は、シャルトルのノートルダム大聖堂。そのクリプトにいまもある井戸 Puits des Saints-Forts は、『ガッリア戦記』（VI.13）にカルヌーテース族の神聖な祭儀の場所と出ている聖地の泉と見られている。それは、また、聖母崇拝と太古の地母 Magna Mater の信仰とのシンクレティズムについて重要な示唆を与えている。そういえば、シャルトルのステンドグラス、青の衣

をまとった「美しき絵ガラスの聖母」のほほえみも、西南フランス、ドルドーニュ川に近い巡礼地ロカマドゥールの木彫りの「黒い聖母」のほほえみも、やはり、太古の生の深みに発する母性の力を受け継いでいるような気がする。それは、大地に接吻するロシアの農民がより直接に感じとっていることにちがいない。ドストエフキーはある老女に次のように言わせているが、私の思うに、そこに現れている地上の生の肯定は、大地の暗い力による保証がなければ、意味をなさないものである。「そう、聖母は大いなる母、潤える母なる大地。そこには人の大きな喜びが含まれているから。地上の悲しみ、地上の涙はすべて、そこで喜びとなる。」(『悪霊』I.4)

　今は昔、ひと夏をポワティエとトゥールに過ごしたとき、私は暇にまかせてあちらこちらと見物してまわったが、一つは巨石建造物に、もう一つは黎明のキリスト教の遺跡にとくに感じ入ることが多かった。たとえば、これはポワトゥーでもトゥーレーヌでもないが、ル・マンの聖ジュリアン大聖堂の玄関にメンヒルがあると知って、一人列車に乗って出かけたことがある。もともと、鞍手の竹原古墳や太郎坊（近江八幡）や遠野のドルメンや熊野の花の窟や野崎島（五島列島）の神島神社の巨石建造物や、を見てまわったくらい、石と磐座に興味があるので。列車は緑の牧草地を岸いっぱいに蛇行するロワール Loir の小さい流れに沿うかと思うと、ベルスの深い森をのんびり走ったりした。ル・マンの駅から旧市の小高い丘を囲んでいるガロ・ロマンの城壁まで歩くと、どういうわけだったか、まっすぐ町に入らず、城壁をサルト川のほうにまわりこんで、北西の奥の通りから階段をのぼった。そして、古い石段をのぼりきり、ほっと眼をあげた瞬間、異様なモノが視界を領した。不意打ちは心の習いを破る。一瞬われを

忘れ、やがて、ようやく見えてきたのは、大きな石、その背の石積みの壁。石は大聖堂の正面の右の一隅に立っている。人の立ち姿に似た形。不気味な赤い色合い。衣紋のように、肩から幾筋も流れている不思議な石目。切り落とされたような先端。あちこちについている浅い窪み。すべて、異様であった。それは石であり、石ではない。つまり、モノ（魔物のモノ）である。ゴシックの大建築にくらべれば、蟻ほどの大きさもない、そのモノが、大聖堂に堂々と対峙している、コノサマヲ見ヨ。そんな片言をつぶやきながら、私は石段に坐りこんで、どうやら人の手がつけたらしい窪みをあらためて見直しつつ、この丘の先史からの来し方を思った。予期せぬ贈り物であった。

　異教ドルイドは、早くアウグストゥスの治世に、ローマ市民には禁じられ、クラウディウスが完全に廃止した（スエトニウス『ローマ皇帝伝』V.25）とされるが、公的にはともあれ、信仰の民衆的基盤が政治の弾圧によって消滅するはずもなかった。スルピキウス・セウェルスの『聖マルティヌス伝』（邦訳、中世思想原典集成4）によれば、この著者はマルティヌスと親交があり、伝記は聞き書きにもとづくけれども、マルティヌスは異教徒の抵抗をものともせず、聖なる樹木を切り倒し、偶像や古い神殿を破壊して、その場所に教会あるいは修道院を建てたということである（その新教区の一つがアンボワーズ）。抵抗をものともせずというのは、抵抗を無効にする virtus を現したということ。そこには、すでにして、紛れもない猛々しさがある。スルピキウスは、村の住民たちが相手の力を目の当たりにして、茫然とし、狼狽する姿を捕らえているが、「マルティヌスの神」の旗のもとに叙述していることはいうまでもない。miles Christi（キ

リストの戦士)、それがマルティヌスの自己規定であった（後述）。キリストの戦士という明確な意識は前代の殉教者たちから、また異端のアレイオス派と戦う司教たちから引き継いだもので、さらに、マルティヌスの弟子たちに伝えられる。しかも、時代はすでに動きつつあった。皇帝テオドシウスはミラノ司教アンブロシウスの強い指導のもとに、キリスト教を国家の宗教とする政策を相次いで布告してゆく（380-392）。ローマの軍旗はすでにキリストの名によって清められていた。ローマ人の virtus は勇気であるが、とヘーゲルは『歴史哲学講義』に述べている、たんに個人的なものではなく、基本的に仲間との結合において示される勇気であって、この結合を最高に価値あるものと見なし、どんな暴力 Gewalttätigkeit にも結びつきうる勇気である（「ローマ精神の諸要素」）、と。

　ガッリアは二度、ローマに敗れた。まず、軍事力に。ついで、新興の宗教の力に。カエサルはウェルキンゲトリクスをローマに連行し、処刑した。若き敗軍の将が六年間幽閉されていた、カピトールの丘の下の地下牢はいま観光名所になっている。聖なるメンヒルもまた、「キリスト昇天」のステンドグラスで有名な大聖堂の入り口で晒しものになっている。そんなことをいってみても始まらないと人はいうかもしれない。いや、私は何を始めるつもりもない。じっと待っているだけだ。歴史は鏡であるという。今、ガッリアの鏡に映ってくるのは、後世の私たちのどのような姿であろうか。

　そして、そのローマが、永遠のローマ Roma aeterna が蛮族（とはいえ、たとえば、ゴート族のアラリックはアレイオス派のキリスト教徒）に寇掠され、世界の終末のごとくに炎上する悲劇がまぢかに迫っている。

　ところで、もう一つ、ポワトゥーのシヴォーのメロヴィング時代の墓場

をたずねたときのことを書いておきたい。ポワティエの町を出て東南に、畑と牛のいる草地の道を、ヨーロッパには雑草がないという言葉を反芻しながらたどること十里あまり、途中でドルメンを一つ探し出してから、風が渡るヴィエンヌ川のほとりのシヴォーの村はずれの古代墓地にゆく。それは、一説では、数ヘクタールにもおよぶという大墓地で、通りに面した境界に、石棺を裏返して塀代わりに並べてあるのにまずびっくりするが、中に入ると、発掘中なのか、通路の両側に、何層もの石棺が土中に積み重なっていたり、蓋石であろう、平たい石が背を見せながら草はら一面に遠く広がっていたりして、一種悽愴な雰囲気がある。とにかく非常な数の石棺で、『ポワトゥーの民俗』（1892）という本には、どこの農家でも家畜用の桶に使っているとか、ヴィエンヌのこちら側には産しない石材なので、どこからこんなにたくさん来たのかという説明に、地元のお百姓は、大昔のいくさで死人が多数出たとき、天からひとやま降ってきたと伝えているとかという話が記されている。見わたせば、屋根がくずれ落ちた小さな教会、散乱する、割れた石棺、蓋石、右手の奥には、十字架をのせた新しい墓石、死者の影のようにまばらに立っているイトスギの木。シヴォーの謎。そうそう、そんな題の書物もある（1924）。繁ったイチイの木のかたわらに、瓦葺きの小さなミュゼがあった。管理人のおばあさんに入れてもらい、ずっと見てゆくと、墓地で発掘された一体の遺骸がある。頭蓋骨から足の骨まで、砂に少し埋めるように寝かせてあった。日本では、人骨を見る機会はほとんどないから、やはり驚いたが、以前、『出雲国風土記』の「黄泉の穴」にあたるという猪目洞窟で発掘された一体分の白骨を公民館の倉庫で見せてもらったこともあり、それほど気味が悪いというわけではない。

しかし、この日の骸骨には強い印象をうけた。頭蓋骨にぽっかりあいた眼窩の片方から草の茎が一本ふらふら伸びあがって、マツムシソウに似たうすら青い花を一つ咲かせている。室内のことだから、風はない。花は虚空に凝然として動かなかった。名状しがたい気持に襲われ、私は古代の死者から眼をはなすことができなかった。帰国してのち、『ローマ公教要理』を読むことがあって、来るべき復活に際して、体 caro は完全な形で復活するというカトリシズムの教理を知った。では、虚空に動かない花は魂として完全で、復活した体にそのまま合するのであろうか。あるいは、花は体の一部として復活するのか。それとも、これは異教徒の考え方にちがいないが、魂は現世に、すでに回帰しているのであろうか。
　さて、ふたたびトゥールにもどれば、この町に司教座が置かれたのは、ポワティエと同時期の4世紀の初頭で、マルティヌスは第三代の司教である（371-397）。司教に迎えられるまでは、ポワティエの南のリギュジェの修道院にいた。そこに隠れたのは361年で、これは今日知りうる、ガリアで最初の修道院とされる（『トゥーレーヌ宗教史』1975）。確実な文献史料はないそうだが、地元の協会が出している報告によれば、修道院の教会堂の地下に、ガロ・ロマンの家屋の基礎を利用したバシリカの遺構が発見され、371年以前の建築と見られる（『リギュジェ発掘の意義』1968）。隠修士の祖といわれるエジプトのアントニオスの百五歳での死が356年、その名高い伝記（中世思想原典集成1）を、アタナシオスが著したのが357年、小アジアに、反アレイオス派のゆえに、追放されていたポワティエ司教ヒラリウスのコンスタンティーノポリスからの帰郷が360年。修道生活の理想は時のうねりであった。マルティヌスはトゥールに迎

えられてからも、近郊のマルムーティエに、教会史上に名高い修道院を創設した。隠修士たちが断食をして、祈りと瞑想に時をすごした独房、ロワールの段丘の崖に掘られた土の穴が今に残っている。マルティヌスは司祭として職分をはたし、民間医療 ethno-medicine にたずさわることもあったが、「修道士としての本分と徳性を棄てなかった。」(『聖マルティヌス伝』)福音伝道の戦士としての目が世間と民衆を見渡すまえに、内面を見つめていたことは明らかである。そして、暗黒時代の戦乱のさなか、529年ころ、ヌルシアのベネディクトゥスが西ヨーロッパの修道制の憲章となる「戒律」(中世思想原典集成5) を定めて、モンテ・カッシーノ修道院を創立することになる。

　スルキピウスによれば、マルティヌスの前身はローマ軍の兵士である。十八歳で軍務に服していたとき、北フランスのアミアンの城門で、外套を剣で半分に切って貧者にほどこしたところ、その夜の眠りに、外套の半分をまとったイエスが出現したという。それを契機として、マルティヌスは洗礼をうけ、二年後、「皇帝のためにではなく、神のために戦わせてください、わたしはキリストの戦士です」という言葉で内心を披瀝し、軍務をはなれる。これは、マルティヌスの伝記で、人にもっともよく知られたエピソードであろう。フランス最初の修道院の設立千六百年を記念して、1961年に、トゥールで開かれた、『聖マルタン、美術とイメージ』という国主催の展覧会のカタログを見ると、アミアンの慈善 charité を主題とする彫刻、絵画、写本装飾、版画、ステンドグラス、金銀細工、メダルが多数掲載されている。絵画では、他にも、シモーネ・マルティーニのフレスコ、アッシジの聖マルティーノ礼拝堂(聖フランチェスコ教会堂下院)を

飾る聖人伝のうちの一面（1317）のごとき傑作もある。

　なかでも、私が一度見たいものだと思っているのは、エル・グレコである。今ワシントンにある油彩画（1597-99）。マルティヌスがキリストの戦士であることを、内観の力によってここまで造形した絵画はまたとあるまいと思う。画面は例によって縦長で、その全面に大きく、二人の人物と一頭の馬からなる三角形を描いている。群像がすべて伸びあがるようにデフォルメされているのは、マルティヌスの頭部を頂点とする、この三角形を構成するために他ならない。マルティヌスは鎧をつけて白馬にまたがり、右手の剣で緑のマントを切っている。左下は長身の裸の貧者。白馬に寄り添うように裸足で立って、左手はすでにマントを握りしめている。右下の堂々たる体軀の白馬は目で主人の様子をうかがいつつも、すでに首をもたげ、左の前肢を踏み上げている。騎士の表情は静謐で、眼差しは貧者にではなく、内部に向かっているようである。背景は下の三分の一、ちょうど馬の腹下の部分に、トレドを思わせる町の景色が暗く描かれ、その上に青空がくすんだように広がっている。白と黒の雲は吹きおろす風にちぎれんばかり。町の上空は嵐にみまわれて、濃い褐色に閉ざされ、稲妻が雲の裂け目に輝き、町の背後の岩山の稜線を白く縁取っている。『トレド風景』（1595）のあの空である。これはすでに指摘されていることかもしれないが、グレコの嵐はホメーロスの戦いの比喩にもとづくものである。『イーリアス』の第十六巻で、パトロクロスが輝く槍を投げて、トロイア方の武者を倒せば、敵は船に火をはなって潰走し、ギリシア勢は一気に押し寄せる、「さながら、大いなる山の聳える頂きから、ゼウス、かの稲妻を集める者が濃い雲を駆り立てると、すべての高台も岬の先も谷も輝き出て、天

涯から限りない青空が雲の裂け目に現れるがごとくに。」(297-300) 今は、宗教戦争の骨肉相食む波に洗われる時代である。ピレネーの向こうでは、アンボワーズの虐殺事件（1560）のあと、聖マルティヌスの墓がユグノーに暴かれた。キリストの戦士は、スペインにあっても、対抗宗教改革、異端審問、「新世界」の宣教と聖戦あるいは征服戦争、等々と対峙しなければならない。しかも、カトリックの信仰の深化が目標とされるかぎり、社会的、政治的状況の直接の批判を越えて、たとえば、騎士イグナティウス・デ・ロヨラの霊操 spiritual exercises の教えの基本にあるような自己との戦いを避けることはできない。グレコの絵画のメッセージはこの戦いから結果する神秘主義にある。その作品に独自の宗教性を同時代の画家に共通する芸術の伝統という文脈の中に解消することは、メッセージをよく捕らえるゆえんではない。伝統は一人一人によって生きられなければならない。光の形而上学は、神秘的経験に呼応する画法なのである。グレコは、同時代のある人が哲学者と呼んだそうだが、異能のユマニストであった。

話はもどるが796年、当時はまだ西ローマ皇帝の帝冠をうけるまえのフランク王カール（カロルス、シャルルマーニュ）はアーヘン宮廷学校長アルクイン（アルクイヌス）をトゥールの聖マルティヌス修道院長に任じて、かの地で余生を送らせることにした。アルクインはその年、王への手紙の一節に、弟子の若者を書物のためにイングランドのヨークの司教座聖堂付属学校に派遣する許可をもとめて、こんな文を綴っている、「彼らはブリタニアの花々をフランスに運んで、ヨークの囲まれた庭の中ばかりではなく、トゥーレーヌの地においても、果樹が実をつけた、いくつもの楽園が開放されるように、また、南風が来たれば、ロワールの岸辺の庭を吹

きわたり、その香りがあたりに流れるようにするのです。」(『著作集』第一部書簡集 XLIII)さすがに、生涯、神への愛と文学への愛を区別しなかったといわれる人の文章である。アルクインはトゥールにも修道院に付属する学校を組織することになる。

　カロリング・ルネサンスを唱導したシャルルマーニュもまた、言葉を重んじた人。言葉を尊重せずして、何の文芸復興であろう。「学問振興に関する書簡」(*Epistola de litteris colendis*. 邦訳、中世思想原典集成 6)、この名高い手紙 (784/85 年) で、王はある修道院長にあてて、「正しく生きることによって神に嘉せられようと欲する人たちは、正しく話すことによっても神に嘉せられることを怠ってはならない」と述べ、「汝その云うところの言に由りて義とせられ、又その云う言に由りて罪ありとせらるるなり」というマタイ伝の句 (12. 37) を引いている。正しく話すという、それだけなら、ただの説教にすぎないが、言葉の尊重は知識の尊重であり、それゆえ、学問の尊重であるとはっきり見極めて、教育を奨励するところに、この手紙がルネサンスの口火を切ったゆえんがある。知識は行為に先立つ prius est nosse quam facere。「知っているということより、よく行うことのほうが優れているとはいえ、しかし、知っていることは行うことより先である。」したがって、まず、学ばなければならない。学ぶ意志も能力もあり、他の者を教える気持をもっている人たちがこの仕事にあたるべきである。仕事は、文学の教育 litteraturae magisterium。つまり、言葉の正しい理解と用法の修練である。シャルルマーニュは、やはり修道院の関係者にあてた、別の書簡 (「一般書簡」) では、自由学芸 artes liberales という伝統的な語彙を用いて、古典古代の教育体系の再興の意図を明らかに

している。「それゆえ、われわれは注意をはらって、教会のあり方がつねにより良き方向に進むようにし、先人たちの無為によりほとんど忘れ去られた仕事場を文学のたゆみない研究で vigilanti studio litterarum 再興することに努め、さらに、われわれを模範として、自由学芸の研究を studia liberalium artium 深く知るように、人々をできるだけ、勧誘しつつある。」(*Epistola generalis*) シャルルマーニュが、イタリアで出会ったアングロ・サクソン人の助祭、ヨーク学校教師、学識をもって鳴るアルクインを782年、アーヘンに招いたのも、この再興の意志による。アルクインは王のもとで教育の改革、文字（カロリング小文字体）の制定、聖書の校訂などの重要な事業を指導するが、教育の理念については、『文法学』（『著作集』第七部、邦訳、中世思想原典集成6）という対話体の著作のはじめに、こういう意味のことを述べている。人間であり、理性的動物 rationale animal であり、より善き部分で不死であり、造物主の似姿である者にとって、知識の光はなくてはかなわぬものであって、智慧を、神のために、魂の清らかさのために、認識されるべき真理のために、智慧そのもののために愛することが必要である、と。そして、「智慧はその家を建て、その七つの柱を切りなせり。」（箴言9.1）すなわち、智慧の家は自由学芸の七本の柱によって支えられ、あるいは「七つの階段」によって高められる。文法、修辞、論理の三科、そして、算術、幾何、音楽、天文の四科。七科は全体として、真の哲学 vera philosophia であり、魂がもっと強い理解で聖書の頂きに達するようになるまでの門外の学 forastic(a)e disciplinae である。学問のそのような階層的秩序は後世に継承され、スコラ哲学の時代にいっそう明確に表現されることになる。

カロリング・ルネサンスについて、E. R. クルティウスは、「世にいうkarolingische《Renaissance》」と括弧をつけて、第二次大戦後（1948）の文献を注にあげているが、名称の問題はともあれ、内容的には、その改革が「ラテン中世」という、一つの新しい時代の始まりとなったと見ることはいうまでもない（『ヨーロッパ文学とラテン中世』第三章「文学と教育」）。その始まりを、同時代の人々は renovatio（更新）と、たとえば、再び新たにされた黄金のローマ aurea Roma iterum renovata と呼んだという（E. パノフスキー『ルネサンスの春』）。それは、人々の高揚する時代意識の表現なのであろう。

　ラテン中世というイメージの中核には、ラテン語がある。ラテン語は古典古代の伝統を担っている言語であり、キリスト教会の伝統（聖書、典礼、公会議文書、教父の著作）を担っている言語である。二つの伝統は理念においても現実においても緊張をはらんだ関係にあるが、そこに生まれる思想のダイナミズムもまた、ローマの言語 lingua Romana によって造形されることになる。時代が進むとともに、日常の話し言葉である俗語がしだいに勢力範囲を増すとはいえ。さしあたって、ラテン語文化の制度的基盤となっているのが、修道院であることはすでに明らかであろう。修道院の理念と仕組をどう読めばよいか、その基本について、私はジャン・ルクレールの『修道院文化入門』（邦訳 2004）という平明かつ精確な図書に多くを教えられた。

　アルクインはおそらくトゥールに移ってから、聖マルティヌスの短い伝記を書いているが、前文に続く第二節（「祖国と軍役、キリストの戦士となることを望む、洗礼志願者は貧者に衣服をまとわせる」）の本文に、次

のように記しているのに注意したい。「聖なる兵士が特に選ばれてあるのは、聖なる十字架の軍旗を世界の日の没する方へ occiduas orbis in partes もたらさんがためである。」(『著作集』第五部小品集) 私はこの文を読むとき、アルクインという人物の鋭敏な意識に、occidens (西洋) という観念が新しい意味をもって浮かんでいるにちがいないという思いに捕らわれる。文明としてのヨーロッパが最初の一歩を踏み出したという自己意識、それは、クルティウスが指摘するように、古典古代の実質が消失せず、フランク王国に限定される、その衰退 (425-775) がしだいに回復されるとともにいよいよ明確なものとなったであろう。イタリア・ルネサンス (「世界と人間の発見」) が、二月革命 (1848) の恐るべき推移に戦慄した若きブルクハルトの幻想の天国 (木間瀬精三) であったのと同じ意味で、カロリング・ルネサンスが幻想と化すことは、その発想が二十世紀初頭からの精神の危機の中でのものではあっても、やはり考えられない。クルティウスに独自のラテン中世という設定は、ピレンヌ・テーゼをはじめとする歴史学の新しい時代区分の試み (古代、近代＝中世＋ルネサンス以後) に相応しているからである。余談ながら、私は学生時代に H. ピレンヌの『ヨーロッパ世界の誕生－マホメットとシャルルマーニュ』(1937、邦訳1960) を夢中になって読んだことがあった。ヨーロッパの小国の一つ、ベルギーの歴史家のこの遺著には、発想と叙述の双方にわたって尽きせぬ味わいがある。

　ヨーロッパ史のかかる大きい問題もさりながら、アルクインの文には、先に引いたいくつかの断片にさえ、読む者の心を落ち着かせる、伸びやかな響きが感じられる。E. ジルソンは早く 1929 年の講演で、ルネサンスの

開花を準備した中世のユマニスムを主題としつつ、アルクインを、西洋文明が大きい恩恵をこうむった人々の一人として論じていた。「かの慎み深い魂が目覚めている幽寂の地に通う稀な人にして、感謝にみちた親愛を捧げずに、そこを立ち去る者はまずいない。」（「中世のユマニスムとルネサンス」1930）ユマニスムは語の古き意味での哲学である。エル・グレコを哲学者と呼ぶときの哲学。それは自由七科のごとく、人文学と自然学をあまねく覆って、社会の通念に対峙している。ユマニスムは学識の集成ではない。ユマニスムの基底は批判の鋭い感覚である。そこから、二つ、大切なことが導かれる。一つは、人の経験は直観に根をもち、感覚を幹としながら、言葉の風が通る、思考の明るい空間ではぐくまれるということ。言い換えれば、ユマニスムはユマニストを生むということである。もし生まないようなら、それはもはや何ものでもない。というか、一つの害悪である。そして、第二に、人は、言葉によって、自己の社会の中での位置を確認しようと努力しながら、caractère（彫り、気質、気骨）を身におびるに至るということである。しかも、一人のユマニストは山中の独居に白雲を思い、詩を思い、友を思う伸びやかな心を養っている。文学好きが嵩じて絶えて消息もよこさぬ、友であり、弟子である司教にあてて、アルクインが、あなたはウェルギリウスに熱中するあまりに、わが思い出を忘れてしまったのか、おお、どうしてわが名がウェルギリウスではないのか、と嘆く手紙の一節を、ジルソンは引用している。この諧謔には、『アエネーイス』ではなく、福音書で心を満たすようにという希望が続いているが、なおさらに、ラテン文学の古典の評判のほどがわかる。作品のみならず、ウェルギリウスという詩人は、『詩選』第四歌で、「今や新しい子どもが高

い天から下りてくる」（IV.7）という、クーマエの巫女シビュルラの予言を歌いあげたことによって、キリストの誕生を預言した預言者と見なされるか、あるいは、新しい信仰の証人の位置にみずから意識せずして立っている人と見なされていた。そのような議論はすでに教父の時代からあったらしく、アウグスティヌスは、預言者が異教徒のあいだにも存在することを認め、第四歌の「あなたの導きにより、たとえわれわれの罪の痕跡がいくらか残ろうとも、いったん消されれば、大地は絶え間ない恐怖から解放されよう」（IV.13-14）という二行を、主による罪の赦しと解釈しているという（D. コンパレッティ『中世におけるウェルギリウス』）。ともあれ、アルクインの手紙にもどれば、かつてこの文に接したとき、ゆくりなくも、ある友人が秘蔵する古い短冊の幅が心に浮かんだ。芯のある、しかも、柔らかな手でものされた一首の和歌。梅　むめか枝にかゝれる雪はきえぬれと友まつ色そ花にのこれる　契沖。これは『契沖和歌延寶集』（自撰。1681）に出るが、新版全集第十三巻は枝を香に誤っている。アルクインもまた、修道院にあって、言語と文学と教学の研究に励むかたわら、多くの詩を作った人であった。私はそれらを味読するいとまをまだもたないが、ある本で出会った、次のような詩句にいたく興味をひかれたことがある。

  ローマよ、世界の首、世界の飾り、黄金のローマよ、
  いま　汝に残るは　荒れた廃墟ばかり。
  Roma, caput mundi, mundi decus, aurea Roma,
  Nunc remanet tantum saeva ruina tibi.

「最初の人が楽園を去り、哀れにもこの世の惨めなたずきを引き受けてから」に始まり、「われらはともに歌う、喜びの心もて、高き御座の賛歌を。われらのもとに常にあり、賛美が、恭順、栄誉が、徳、祝福、歌が、とこ永遠にあり、神の大きい栄光が」に終わる、六歩格の長詩（『著作集』第六部詩篇CCLXXX）からの二行である。主題は詩題の一部に表現されているように、人事の定めなき変転（De rerum humanarum vicissitudine...）であり、ローマは、やがて滅びるであろう世界の例の一つにすぎない。そこには、「贖罪のローマ」、クルティウスがすでに四世紀ローマのキリスト教界にできていたとする「イメージ」（第二章「ラテン中世」）はとくに現れておらず、翻って、また、かのジョアシャン・デュ・ベレーが『ローマの古蹟』（1558）に歌った、「遺跡の胸に迫るような風景を見て魂の中に生まれる独特のメランコリア」（H. シャマール『プレイアッド詩史』第二巻）、それはいまだ生まれていない感受性であった。とはいえ、歴史が都市を破壊し、廃墟を作るかぎり、それが文学に登場することはむろんであり、たとえば、一世紀ローマの詩人ルーカーヌスは、小アジアに転戦するカエサルをして、トロイアの廃墟を散策させている（『内乱』IX）。中国の古代にも、楊衒之の『洛陽伽藍記』があった。著者は東魏の武定五年（547）、廃墟と化した旧都洛陽を見て、麦秀の思い（殷墟に茂る麦の故事）に打れ、城の内外の千を越える仏教寺院の記録を後世に伝えるために、一書を著した。「城郭は崩毀し、宮室は傾覆す、寺観は灰燼、廟塔は丘墟、牆は蒿艾（ヨモギグサ）を被し、巷は荊棘を羅す（纏う）、云々。」（序）しかし、都市がなく、石、磚、煉瓦の建築がない日本には、古来、廃墟というものがない。柿本人麻呂の長歌（万葉集巻一）を見ても、近江

の都は烏有に帰して、構築物が一切ない。ただ春草が繁るばかり(『万葉代匠記』は春草を若草と訓む)。そこには、歴史に対する批判を形象化する感覚的素材としての廃墟がない。むろん、感慨はある。自然の中にとけこみ、自然とともに移りゆく歴史に対する懐郷に似た感慨が。それは日本文学を貫く叙情の論理である。論理は叙情でもってあるいは足りたかもしれない、江戸時代の思索が孕むすべての可能性を無残に押し流した、近代化という一律の濁流が発生しなければ。明治初年からの一連の侵略と戦乱の果てに一挙に出現した、恐るべき廃墟が、不幸なことに、叙情的感慨をもって応接できる相手でなかったことはやがて誰の眼にも明らかとなる。

　唐突なようだが、佐世保市島瀬町の親和銀行本店電算事務センター(懐霄館 1973-75)の双塔を見たとき、その清楚なたたずまいに、私の心は動いた。白井晟一が七十の歳に完成させた、この建築の官能的な造形について、多くの人が露骨な語句で論じているし、写真はたいてい、さような思いこみにもとづいて撮影されているから、やはり影響されていたわけであろう。しかし、双塔は、懐霄館の名の通り、無限に高い空へと白く身を伸ばして、毅然として清楚であった。石の肌には、民家を思わせる素朴な土着性さえ感じられる。官能性を否定するつもりはない。辻邦生は「地上に在ることの然りへ向けられている声なのだ」と書いている(『懐霄館』1980)。これは至言である。ラテン語の homo (人間) と humus (大地) はともに印欧祖語の*dhghem-(大地)を語源とする。人は地にある者なのである。しかし、地上の生は地を這いまわることで完結するものではない。同じ本のあとがきに、白井晟一は「物」にひそむアニマとペルソナ、という言葉を記している。人格 persona は精神の仮面であり、仮面は社会

を前提とする。魂 anima は、心を含めた自余の一切のものとはあり方を異にする、一つの実在 entité である。それは身体と運命を共にしつつも、身体をあくがれ出て、世界をかけめぐる。自己と自己に対立する自己、社会と世界、歴史と理念、個と普遍が反発し、ふれあい、拒絶し、またもとめあい、という風にペルソナとアニマが終りなく交歓する想像的空間。建築はそのような空間に一つの姿を見出すことによって、「物」になるのであろう。懐霄館の塔は想像的空間の中で、地上の官能になずんで、これをいつくしみ、また、無限に青い空へと、視覚を触覚に変えるような荒い削りの積み石の身をすっきり伸ばし、毅然として清楚である。

　白井晟一という建築家を私が知ったのは、『無窓』(1979) の出版による。表題にひかれて、一本購ったものの、佶屈とした、ほとんど晦渋といえる文章に閉口した覚えがある。先年、ふとしたことから、所収の「芸」という短文を読んで、筆者の思考の独特の回路にあらためて興味が湧いた。文章が浮き上がらせる、ヨーロッパに格闘を挑むプロフィル。それは、ドイツに留学し、哲学を、なかでもカントとスコラ哲学のトマス・アクィナスを学んだという伝説的経歴によく対応する。次に、ある対談での発言を引いておく。「日本を西欧文明の植民地から解放させるには抜き難いといわれるヨーロッパの歴史の石壁に体当りでぶつかって、これを抜くよりほかない。」(『白井晟一の眼』II. 1988) そして、作品集などを見ていて、あれこれの建物にラテン語の銘文が刻まれていることに気づいたりもした。以下、しばらく、その銘文について書く。これまでの行文に異なり、話が細部にわたるけれども。

　懐霄館は正面の赤御影の楣石に金の銘文をもっている。『白井晟一スケ

ッチ集』(1992) の一枚 (II.61) に、正面のスケッチが二三あるが、そこには、銘文は見えない。完成作とはちがって、双塔のあいだのスリットの真ん中あたりに、なお二箇所、構築物らしきものが描かれている。アルファベットによるメモがあるが、残念ながら Schnit（ママ）のほかは、よく読めない。別の図には、銘文の金文字をさすのか、どうか、script / gold のような文字が見える。

懐霄館の銘文について、水原徳言が「ギリシア・ラテン引用語辞典（岩波版）という便利な本がある」（『白井晟一の建築と人』1979）と述べて、ラテン文と訳文を引用しているのは、重要な指摘である。白井晟一は銘文なり、他の引用なりの多くを、この辞典から取っているふしがあるから。そして、比較すれば、すぐわかることだが、楣石に現実に刻まれた銘文は、単語の綴りを誤っている。いま、落ちた文字一つを鉤かっこに入れて、復元すれば、こういう銘文である。

AUREA / NE CREDA [S] / QUÆCUNQUE / NITESCERE / CERNIS・OVIDIUS
黄金と思うなかれ　汝が輝いていると見るすべてのものを

スラッシュは改行を示す。最後のオウィディウスは辞典には、Ov. とあるだけで、出典は不明。これらの文字を黄金に塗りこめたのは、白井晟一の端倪すべからざるアイロニーである。実際、s が落ちているので、ラテン文自体、文として完全たりえない。では、この脱落の意味はどこにあるのか。

そこで、年代と内容の点で関連する、他の銘文を見ておくと、まず、親和銀行本店（第一期 1966-67）の一室（後述）の梁には、

AMOR / OMNIA / VINCIT
愛がすべてを打ち負かす

という、ウェリギリウスの名高い半句（『詩選』X.69）が、語順を入れ換えて（amor を強調して）、刻んである。この銘文は図面に出ている（図集 V 『白井晟一全集』1987）。

東京麻布台のノア・ビル（1972-74）にも、銘文がある。

NOΛ / SUM / SΛL / VΛT / RIX
われはノア　世を救う者なり

座談会「NOΛ ビルを語る」での白井晟一の発言によれば、旧約のノア Noah を連想させるノア Noa の名は施主の頭文字から思いつき、「助け舟」ということで、「お地蔵さん」らしきものを据えたという（『白井晟一の眼』II）。うえの銘文は、建物の北面する赤煉瓦の壁の龕に安置された、顔いっぱいに N の浮き彫りのある、得体の知れない、薄赤い彫像の首に刻まれている。salvatrix は salvator の女性形。ノア地蔵は女ということになる。salvator はギリシア語の sōtēr（救世主）の訳語で、メシアの訳語である Christos（油を注がれた者）に意味的に等しい。この銘文は、我は汝の父アブラハムの神なり ego sum Deus Abraham patris tui（*Gen.* 26.24）、キ

リストたる救い主 salvator qui est Christus（*Luc.* 2.11）、神は彼（イエス）を救い主として hunc Deus salvatorem（*Acts.* 5.31）のような聖書のラテン文（*Vulgata.* I et II.1975）を参照して、あらたに作られたものであろう。また、キリストを Salvator mundi（世の救い主）とする図像が、たとえばルーヴルの『ジャン・ブラックの祭壇画』（c.1451）のように、北方ルネサンスの絵画に見られることにも注意したい。

　最後に、静岡市登呂の石水館（静岡市立芹沢銈介美術館 1979-81）の中央のD室の浅い泉水を飾る、簡素な円形のコーニスの半円に刻まれた、次のような一行の銘文は、やはり脱落があるという点からも重要である。

QVOD VERVM SIMPLEX SINCERVMQVE EST ID NATVRAE HOMI [NI] S EST APTISSIMVM
　真実、単純、無垢であるものが人間の本性にもっともふさわしい

　このラテン文は先の辞典にそのままある。出典はキケローの『義務について』（I.4.13）。原本では、Ex quo intellegitur, quod verum simplex sincerumque sit, id esse naturae hominis aptissimum（*De officiis.* Oxford Classical Texts）という、不定法を主語とする構文になっている。「それにより、真実、単純、無垢であるものが人間の本性にもっともふさわしいことがわかる」という文では格言にならないので、いつのころか、手直しされたわけである。ここにいう人間の natura は、自然が人間に付与した、人間をたがいに宥和させて、言語と社会生活に向かわせる理性の力 vis rationis を意味する。キケローはみずから記しているように、「ラテン的

なものをギリシア的なものと結合する」(*Off.* I.5) ことを常に努めた人である。弁論術の大切さを説いて倦まないのも、カエサルに対抗しつつ共和制を守るのも、その横死後みずからもついに暗殺されることになるのも、もとはといえば、ギリシア人の言葉に対する態度への共感にあった。「ポリスが前提とするものは、まず、言葉が他のすべての権力の手段に対して並外れた優位に立っていることである。」(J.-P. ヴェルナン『ギリシア的思考の起源』1962) 言葉と言葉の自由の徹底した尊重があって、はじめて、ポリスとデモクラシーという制度が存立する。おのずから、自己教育という課題が生まれる。キケローはギリシア語の paideia（教育）を humanitas という言葉に翻訳して、教育、教養、礼節、人間的であること、という一連の概念を人生の理想として確立し、文学、修辞、歴史、法律、哲学を自由学芸、「自由人」の humanitas のための学科として強調した。しかし、ローマ人の宗教と社会慣習には、また、確固たる伝統があり、ギリシア人の哲学的精神がローマ化されることは避けられない。教育の重心はしだいに修辞学に移ってゆく。そこに、ヨーロッパの近代、恐るべき近代に生まれた、あの万物の尺度としての人間の淵源があるとはいえ、キケローが humanitas の根底に言葉と理性を見定めたことは、後世のユマニスムと文明にとって決定的な意味をもつ出来事であった。

　私は銘文の homo の属格形の綴りの脱落について、うがった解釈をするつもりはないが、読みはつけなければならない。私見によれば、その手掛りは、D室の一本の独立柱が支えている柱頭にある。石水館の平面図（図集Ⅲ）を見れば、一目瞭然なように、D室の北東隅から出て、銘文のある円い泉水の中心を貫いて、石水館の主室である奥の八角形のG室の天

聖ラデグンドの書見台の彫り物
Em. Briand, *Histoire de Sainte Radegonde*, Oudin et Cie, 1909.

井の放射状の梁をまとめる円形の芯飾りの中心にまで至る一本の直線、その線からわずかにずれた位置に、独立柱はある。八角の柱も柱頭も白丁場石を彫りあげたもので、柱頭は四面あり、そのうちの三面（石水館での位置をいえば、ほぼ東、北、西の三面）には、いずれも、三羽の鳥が彫ってあり、もう一面（南）に、ラテン語の銘文が刻んである。この柱頭は、実は、中世（ロマネスクのころか）の柱頭の模作で、実物の写真が一枚（北と西の面を斜めから撮影）、『白井晟一の眼』Ⅰ（1988）に出ている。

まず、鳥について述べれば、私は鳥と思っていたが、これは鳩である。エミール・マールは前出の『異教の終末』で、クロヴィスの嗣子クロタールの妃であるラデグンド（521-587）のポワティエの聖十字架修道院に由来する「聖ラデグンドの書見台」の彫り物に見える、クリスマ chrisme をはさんで向き合っている鳥を鳩としているが、その姿は石水館の鳥によく似ている。柳宗玄は、「鳩は一羽の場合は聖霊を、多数の場合は使徒または信徒の象徴である」（『初期キリスト教美術』1974）と述べている。いまの場合、信徒と解するのが、次に示す銘文の内容にふさわしい。

さて、問題の柱頭の銘文を、私は以下のように読む。

Istuc l(aetus) / c(apitu)la niti(du)m fecit / fi(d)en(s) f(rate)r ambrosi / us de cur(ate)lis de / bonis pat(ri)nis

　　　そこに喜び勇みて柱頭（複数）を見事に作れり、信ある修道士
　　　アンブロシウスが、善き代父たちからの後見によりて

　上の表記は碑文学の慣例にしたがうもので、丸かっこの中の文字は、故意に省略された文字を復元したことを示している。l(aetus)のような、古代ローマからの伝統的な略字のほかは、私見による復元である。ambrosiusのbに続くrは、「半r」を用いている。この字体が現れるのは、十一世紀からとされるので、柱頭の製作はそのころであろうか。なお、柳宗玄が、「ロマネスクの彫刻から鳩はほとんど姿を消した」（『ロマネスク彫刻の形態学』2006）と書いていることを付記する。

　文頭のistucは「...である、そこに」という意味の語であるから、おそらく、柱頭は少なくとももう一つ作られ、そちらには、「今よりこの教会で多数の幼児が幸福にも洗礼を受けるであろう、（そこに...）」というような銘文があったものと思われる。その場に立ち会う信者たちを表すのが、鳩の浮き彫りなのであろう。そこには、「願わくは鳩のごとく羽翼のあらんことを、さらば、われ飛び去りて平安をえん」（詩篇54.7）という願いがこめられている。

　ところで、石水館の建築工事の記録である『石水館－建築を謳う』（1981）には、白井昱磨が新しく出来あがった柱頭を「どんどんぶち壊した」という、立会人の貴重な証言が掲載されていて、「今見るとやわらかい感じっていうか、時間がたった感じっていうのか、よくでてるでしょ

う」とある。しかり、それは廃墟の演出である。もとの柱頭自体、ヨーロッパのどこかの古い洗礼堂なりバシリカなり聖堂なりの廃墟から持ち出されたもので、銘文の「アンブロシウス作れり」という言葉からして、今はすでに虚しい響きがある。石水館は廃墟を内蔵する建築なのである。

　そして、泉水のコーニスに刻まれたキケローの文章に、文字が脱落しているのは、石材が損傷をこうむったがゆえに、あるいは、風化のゆえに、文字の一部が石の表面から失われてしまっていることを象徴的に示すためである。そういえば、銘文の文字にも、作為のあとが見えるようでもあり、また、泉水の円形のコーニスの上縁も、何箇所か欠けているように見える。それらをどう判断するか。ともあれ、泉水の構築物は全体として、廃墟の象徴であると見なければならない。私が先に懐霄館および泉水の銘文のラテン語を記したとき、CREDA[S] および HOMI[NI]S と鉤かっこを使用したのは（丸かっこではなく）、碑文学の慣例にしたがって、いまは読めない文字を復元したものであることを表記するためであった。

　さて、懐霄館の銘文が文字を脱落させることによって、廃墟をいわば先取りしていることはもはやいうまでもない。建築を未来において待ち受けている廃墟。そこに至る崩壊の芽は、たとえば、白井昱磨が「ああ、石水館」（『白井晟一研究』IV，1982）に書いている、建築の完成後に、「使う者の論理」を問い直す必要が出てくるような事態をも含めた環境の中に、早くから萌している。そして、時間がある。白井晟一の建築が時間の経過に耐える堅牢さをあくまで追求していることは、懐霄館を外から見ても、ただちにわかる。内部を見てまわれば、「物」としての建築はあくまで模倣を排し、細心の厳密さと頑丈さをもって、しかも典雅をきわめるかと思

えば、また意表をつく線と形と色彩を具備して、人を圧倒するかのようである。しかし、第一に、建築は建築であるがゆえに、廃墟となる宿命をまぬがれることはできない。そして、第二に、建築もまた、一人の人間とまったく同様に、具体的な時間と空間の中にあるがゆえに、歴史との対決をまぬがれることができない。懐霄館は、欠落のある銘文を通して、日本にあるがゆえに避けることのできない無数の偶然を意味あるものとして、掛けがえのない事件として受容する意志を自己と自己に対面する他者に表明している。しかし、それは諦念ではない。もっと積極的に、豊かな官能と生命力にあふれた現在を来るべき時にもちこそうとする激しい意志である。そして、そこには、一つの決別がある。私は先に、日本には、歴史に対する批判を形象化する感覚的素材としての廃墟がないと書き、さらに、明治初年からの一連の侵略と戦乱の果てに一挙に出現した、恐るべき廃墟と書いた。この廃墟が世にいう原爆ドームを指しているのはいうまでもない。これはよく知られたことだが、白井晟一はまったく自発的に、丸木位里、赤松俊子夫妻の原爆図を展示するための美術館を設計し、数枚のデッサンと図面を残した。いわゆる原爆堂であるが、そのまえに、廃墟について、もう少し記しておきたいことがある。

　まず、ジンメルが「廃墟」というエッセイの最初に書いている文（『哲学文化』1911、邦訳、著作集七）を敷衍すれば、建築は精神の意志と自然の必然とのあいだの闘争を組織して、ついに真の和平をもたらす、ただ一つの芸術である。上方にあこがれて、空間の立ち上げを夢みる魂の想像力に、自然は重力をもって強く抵抗する。建築の方程式は二つの力を差し引きして、はじめて成立する。そして、天変地異、その他の事象をきっか

けとして、建築物の崩壊がいったん始まると、意志が自然を懐柔して、ようやくかち得た均衡は破れ、成立していた方程式は自然の側に引き渡される。これはレオナルドが知悉していたことだが、自然は盲目の力であり、方程式を読み解く能力をそなえていない。にもかかわらず、あるいは、それゆえに、自然はやがて、人の嘆きを慰藉するはたらきをすることになる。「廃墟の魅力は、人の手になる作品がまるで自然の産物のように感じられることである。」（ジンメル）僥倖として、あらためて、そこに生み出された、比類のない調和。その図像は廃墟の詩学と同様、文化史上の事象であって、『モナ・リザ』の背景の風景にはいまだ無縁であり、十七世紀中葉、ニーチェが終生愛したというクロード・ロランの風景画にようやく現れてくる。そこでは、廃墟は自然に従順にとけこみ、遠く流れる水のおもてと暗く茂る木々の葉むらともども、晩夏の穏やかな光に包まれて、平安と閑暇を現出する。それはウェルギリウスを源泉とする画面であるが、

　　休息は安らかに　生活は欺くことを知らず、
　　宝はさまざまに富み、広い地所には　閑暇が、
　　洞窟、生気ある湖水、涼しい谷も
　　牛たちの鳴き声、木陰の快いまどろみも、
　　欠けることがない、　　　　　　　　　　　　　（G. II.467-471）

しかし、今はもう黄金時代ではない。風景は廃墟を擁し、そこでは、人の世にある一筋のさびしさが追憶とメランコリアに変容して、残照のようにただようことを避けられない。廃墟と化して過ぎ去った、大いなる時、偉

大なる都市。歴史は黄昏の光に照らされ、濃い翳りを見せながらも、深い暗闇から蘇ってくる。

　　ローマが善き世界を作っていたころは
　　太陽を二つ　いつも持っていて、それらが各々の道を
　　照らしていた、世界の道と神の道を。　　（*Purg.* XVI.106-108）

　ダンテのこの率直にして単純な歴史の把握は、これこそ、ヨーロッパの近代が逆説的に翹望していたことではないだろうか。少なくとも、帝国と教会の均衡が崩壊して、一方が肥大し、他方が頽落する過程の果てに、ダンテが異教徒たるウェルギリウスとともに遍歴した地獄が地上に恐るべき姿を現して、humanitas のすべてを汚辱の波に溢れかえる濁流に押し流したことはまちがいない。文明という生の独自な形式はついに全面的に崩壊するに至った。かつては、どの時代にも、人はホイジンガのいう歴史的生活理想をいだいて暮らしていた。今、そのような楽観は許されない。過去にも、未来にも。近代日本にあっても、事情は同じである。例外を認めるなら、管見の限りではただ一つ、カール・ポパーの楽観主義であろう。その humanism は、この科学哲学者の人物と仕事の根底にある方法とに照らして、強固かつ大胆で、今後も貴重な指針であり続けるだろう。ともあれ、人間の立ち返るべき場所は、humanitas しかない。ユマニスム humanisme は人間のあり方であって、どんな教条もそなえていない。それは、要するに、言葉という生き物、そのつぶやきに耳を傾けようとする意志である。人は言葉によってはじめて人間である。しかし、言葉を自ら

のものとするには、すでにして、人間であらねばならない。人がこの言葉の不思議を引き受けるとき、一本の木のように、経験が樹液をうけて芽を伸ばし、葉をひろげる。風に揺れ、光を受けいれ、雨に洗われる日々のいとなみ。そこに、humanitas はすべてを負っている。そして、そのことが、文明の廃墟からの要請である。

　白井晟一は「原爆堂について」という文（1955,『無窓』所収）に、「私ははじめ不毛の曠野にたつ愴然たる堂のイメージを遂っていた。残虐の記憶、荒蕪な廃墟の聯想からであろう」と書いている。そして、「悲劇のメモリィ」を再現する、そのようなイメージを棄てたところに構想された「造形のピュリティ」が原爆堂であるという。それは、まことに、抽象的、原始的、無機的な形態で、池の水から立ち上がる円筒と、円筒が貫通する方錐からなる。池には、橋がなく、別棟の展示室から地下に下り、池を地下道でくぐって、円筒の内部の螺旋階段をのぼるという仕組である。かつて、TEMPLE ATOMIC CATASTOROPHS（1955）というパンフレットが作られた由で、『白井晟一研究』IV号に掲載されているのを見ると（原図は図集VIにあり）、よく話題にされるキノコ雲もさりながら、透視図の原爆堂と水にゆらめくその白い影との鬼気迫る姿に心の流れを断ち切られたような思いがする。これは異界である。人が死という地下道を通って入る先は、この世ではなく、異界という、もう一つの現実なのである。白井昱磨は「原爆堂は（一人の建築家の）悲劇の経験から生まれた」（かっこ内、筆者）と原爆堂についての文の第三稿で述べている（『白井晟一―精神と空間』2010）。ここで、体験ではなく、経験という言葉が使われていることに注意してほしい。白井晟一の原爆堂は、もし実現していたな

ら、名の通りの原爆の堂に、悲劇の厳粛な経験をはぐくむ場所となったにちがいない。原爆堂の創造は歴史の批判の形象化の達成であった。

　大平数子の「慟哭」(『少年のひろしま』1981) の一つの詩篇から、

　　母さんは
　　女夜叉になっておまえを殺したものを憎んで憎んで
　　憎み殺してやりたいが

　　浄化された歳月の中では
　　母さんは精神(こころ)の目をつむって
　　おまえのために
　　鳩を飛ばそう
　　豆つぶになって消えていくまで
　　飛ばしつづけよう

　ヒロシマの廃墟に象徴される苦難が日本を繰り返し襲ったことについては、すでに多くのことが語られてきた。歴史は今まさに繰り返されているので、それも空語にすぎないが、私の記憶にまず浮かび上がる批判は、三木義夫の「不正欺瞞はわが国民性」(『文化史上より見たる日本の数学』岩波文庫、1999) という、和算をめぐっての指摘である。一つの文化をカタツムリにたとえれば、その触角にあたるのは文学であろうが、もう何十年もまえに (1948)、竹内好が日本の近代文学について、こう書いたこともある。「観念を取り出したときには、もうその観念は腐っている。腐っ

ていないという人があったら、日本の近代の歴史のなかでどの観念が腐らずに生きえたか、見せてください。どの学問がダラクしなかったか。どの文学がダラクしなかったか。日本の近代文学の歴史はダラクの歴史ではないか。もしそうでないなら、少数の詩人が、ダラクを拒否したために敗れているのは、なぜであるか。」(『日本とアジア』1966)

　すでに述べたように、親和銀行本店の一室には、「愛がすべてを打ち負かす」という銘文が掲げられている。部屋は玄関からすぐ右に入った建物の一階で、銘文のある梁というか、楣石は中二階のものだが、空間の様子を見ると、中二階は石に言葉を刻むために設けられたかのような印象をうける。そして、建築の構造は他の部分（本体）からは切り離して、原爆堂の設計を借り、八角形を円筒（ともに表通り側の半分）で貫く形をとっている。原爆堂の中のウェルギリウス。すべてを打ち負かす、その愛。それは悲劇の経験にはぐくまれる愛、数知れぬ偶然が織りなす意味の文様を運命として受容する愛である。愛の深みから発することなくして、批判と抵抗が真の自由を獲得することはないであろう。これについて、多言は要しない。すべては叙情的感慨のかなたにある。黄金のローマが、永遠のローマが、廃墟と化して久しい。イワン・カラマーゾフがつとに見抜いていたように（『カラマーゾフの兄弟』V.3）、ヨーロッパはすでにただの墓場にすぎない。しかし、この反逆児の語呂合せにしたがえば、墓場 kladbishshe はもっとも貴重な宝 klad なのである。では、ヨーロッパの遺産の一つ一つにどう対面するか。それは、イワンをして答えさせれば、zhizn'（生命、人生、生活、現実）を何でもって愛するか、頭で愛するのか、腹わたで愛するのかによって決まると断言するであろう。以下は今なお他人事ではな

いが、一歩も二歩も譲って、いずれの道を選ぶにせよ、認識の木の実にも固有の味わいがあり、その味はあくまでも苦いということを、少なくとも、忘れるべきではないと私は心に思う。畢竟するに、ヨーロッパであれ、アジアの東端の一隅であれ、どこであれ、文明に至る道程が遼々として遠いことは疑う余地がない。

　この文を書きはじめた二月半ば、私は何年ぶりかで栂尾の高山寺を訪れた。石水院の蔀を上げた濡れ縁に坐して、目前の低い山頂を流れる白雲をのぞみ、また、木々をすかして崖下の清滝川の谷水を見ていると、建築という「こと」への信頼が深々と納得される。石水院は鎌倉時代の建物をなんども移築したもので、垂る木を変えたり桁を延ばしたり柱を継いだり、修理と改造を重ねて今日に至ったわけだが、ただに人為によるのみならず、山と水が物の空間の形成に働いて、ついに、人の居場所としての調和を生み出したかのようである。誰もがいう簡素と質実に加えて、自然には存在しえない、爽やかな階調がある。その響きに、板敷きの西の間に掛かっている、石水院　鐵齋居士　時年九十の木額の気韻の生動する文字がよく似合っている。霙まじりの雨がふる参道をゆっくり下っていたら、古利の森厳に、以前尋ねたことのある信州下伊那の浪合神社の山麓の境内の簡古なたたずまいが重なるように偲ばれ、小さな社の前の拝殿の鐵齋のやはり木額の奇趣に遊んで骨法を失わない神徳光明の金の文字が記憶の闇から立ち現れてきた。

　さて、今、人を看るにはただ後の半截を看よ、という言葉を思い出したので、ここに書きつけて、終わりとする。

（février-septembre 2011）

髙橋達明（たかはし みちあき）
1944年、京都生。京都大学文学部卒。フランス文学専攻。京都女子大学名誉教授。著書、『鳥のいる風景』（淡交社、1995）。論文、「蘭山の仏法僧─『本草綱目草稿』と講義本の編年をめぐって」『小野蘭山』（八坂書房、2010）所収。訳書、「植物学についての手紙」『ルソー全集』第12巻（白水社、1983）、ラマルク『動物哲学』（朝日出版社、1988）、レジェ『バラの画家ルドゥテ』（八坂書房、2005）、レリス『幻のアフリカ』共訳（平凡社、2010）。

オルペウス、ミュートスの誕生─『農耕歌』第 4 巻 453-527 行注釈─

発　行	2011 年 11 月 18 日
定　価	3500 円＋税
著　者	髙樮達明
発行者	加藤恭三
発行所	知道出版
	〒 101-0051　東京都千代田区神田神保町 1-40 豊明ビル 2F
	電話 03(5282)3185　FAX 03(5282)3186
組　版	有限会社　閏月社
印刷所	吉原印刷株式会社

©Takahashi Michiaki 2011 Printed in Japan
乱丁落丁本はお取り替えいたします。
ISBN4-978-4-88664-227-1